# 独りの偵察隊

亡命チベット人
二世は詠う

テンジン・ツゥンドゥ 著
劉燕子・田島安江 訳・編

# 君と私——亡命者の運命——　日本語版序文

ツェリン・オーセル（劉燕子訳）

## 一

テンジン・ツゥンドゥの詩を最初に読んだのは、二〇〇六年、傅正明氏責任編集の『西蔵流亡詩選』の中でした。それはチベット内外の詩人たちの初めてのアンソロジーでした。より重要なことは、この詩集がチベット語、英語、中国語で創作されたことです（そのうちチベット語と英語は中国語に翻訳）。この三つの言語によって織りなされる詩的世界は複雑に入り組んだ歴史と現実を浮かびあがらせています。

そこに収録されたテンジン・ツゥンドゥの詩は私に深い衝撃を与えました。二篇から詩句を引きましょう。「ぼくのチベット人としての本懐」では「ぼくはチベット人だけれど／チベット出身ではない／チベットに一度も行ったことがない／でも、夢見てはいるんだ／そこで死ぬことを」、また「独りの偵察隊」では「ラダックからは／チベットがチラッと見える／人は言う／ドゥムツェの黒い丘が見えたら／そこからチベットだよ／初めてぼくが我が祖国チベットを見たときのこと……略」と詠われています。

以前も、そして今も、これを読むと心がとても痛みます。ヒマラヤ山脈のはるか向こうに恋焦がれながら帰国できない亡命者は、私と血の繋がっている同じ民族だからです。

## 二

多くの亡命チベット人と同じように、テンジン・ツゥンドゥはインドの難民キャンプで生まれ育ちました。一九九七年に大学を卒業すると、彼はただ独りでインド西北部のラダックからチベットに潜り込みました。早くから彼は困難なことを実践するようになると覚悟していました。それを彼は大げさに言わず、「何でもない。ただ自分の故郷を一目見たかっただけさ」と語るような人柄です。その一方、彼はいつも赤い鉢巻きを締め、独立が達成されるまではずさないそうです。

テンジンは国境を越えると中国の武装警察に逮捕され、ラサの監獄まで護送され、三カ月後にチベットから追放されました。確かにテンジンはラサに一度帰ってきたのです。ただし、それはいわゆる「密入国」であり、「囚人」とされました。

## 三

青蔵鉄道[*1]が開通した二〇〇六年、私は北京から列車でラサに向かおうとするインドの作家、パンカジ・ミシュラと逢いました。ダラムサラに住む二人の詩人[*2]――テンジン・ツゥンドゥとペンジョル・ソナンが紹介してくれました。

その時、私は次のような現代の伝説を話しました。

青蔵鉄道プロジェクトがラサに侵入する前、鉄道建設の掘削作業員が地下から一匹のカエルを掘り出しました。傷だらけのでっかいカエルだというわさが広まるうちに、カエルはとてつもなく巨大になりました。最初は、そのカエルを大八車で引きずってどこかに運んだという話でしたが、それがトラックで引きずっていったとなりました。この伝説は、チベット人が、侵略するための鉄道を阻止できないことの挫折や敗北感を表しています。

カエルはチベット文化では古代からの神様で、「土地の御守り」という役割も果たしてきました。単なる動物ではありません。

鉄道の敷設がいよいよラサに近づいたとき、チベットの大地に深く息づいている神様が血まみれの満身創痍で掘り出され、誰も知らないところに引きずられていった……つまり自分を守る力のないチベットの守護神が癒えぬ傷を負わされたのです。

この伝説はパンカジ・ミシュラにより『ニューヨーク・レビュー・オブ・ブックス』に載りました。その中には私と夫の王力雄へのインタビューもあります。こうして伝説が文学的に生き生きとして妙趣にあふれた記録になりました。

また二〇〇五年に彼が「ニューヨーク・タイムズ」に寄稿した文章ではテンジンたち数人の亡命チベット人について書かれています。その三年後、中国国内のあるチベット青年により中国語に翻訳され、「ダライ・ラマ尊者の疲れを知らない子供たち」というタイトルでインターネットに発表され、広く伝えられました。今日でも新年のお祝いやダライ・ラマ尊者の誕生日に、チベット人は励ましあい、「疲れを知らない子供たち」として尊者のために、民族の存亡にかかわる責任を分担しあおうと誓います。

当時、私は自分のブログ「えんじ色の地図」でこの翻訳をダイレクトに発信しました（えんじ色はチベットの僧衣の色）。すると私のブログはハッカーに攻撃されました。

## 四

数年前、私は香港の『陽光時務週刊』[*3]誌で「般若の星空の下―チベット文学特集―」を組みました。内外から十数名のチベット人がチベット語、英語、中国語で現代詩、小説、映画批評、評論などを寄せてくれました。私は「アイデンティティ、声、その他」というタイトルの文章の冒頭で「一九五九年はチベット人のアイデンティティを変えた」と述べました。それは大きな苦難（「殺劫」[*4]を含む）の始まりでしたが、またチベット文学史上かつてないことに、母語を含む多言語で表現する文学作品を輩出しました。これにより多彩で豊穣な「声」が出るようになりました。実に複雑な気持ちで胸がいっぱいになりました。

ダライ・ラマ尊者はご講演のなかでいつも「ツェンジョル（亡命）」と「ツェンジョルワ（亡命者）」の二つの言葉を繰り返し用いています。この二つの言葉は、一九五九年以降、チベット民族に捺された烙印のように、私たちのアイデンティティの特徴を表しています。

そうです。これこそ私たちのアイデンティティです。多くのチベット人は、母語で表現しようが、英語、中国語、あるいは他の言語で表現しようが、またダラムサラに身を寄せようが、ニューヨーク、ロンドン、北京に身を置こうが、あるいは変わることなく故郷のアムド、ウーツァン、カムに[*5]暮らし続けようが、一人ひとりみな亡命者です。身体的、あるいは精神的に亡命しているからです。

## 五

「亡命者」という言葉は、祖国を追われ、異国を漂泊し、郷愁に嘆き悲しむ故郷喪失者を意味します。私たちの同胞、十数万の亡命者は世界各地に散らばり、離郷の苦痛に耐えています。「ツェンジョルワ」――チベット語の「亡命者」、この言葉が口から出るとき、目の前に尊者が日増しに衰えていかれるお顔が浮かび、耳には尊者の語る重い言葉が響きます。

十年前、私はテンジン・ツゥンドゥとインターネットのテレビ電話で話しました。でも通信状態が悪くてはっきり聞きとれず、彼の部屋の壁に写真や絵がいっぱい貼ってあるのがぼんやり見えただけでした。「あれ？　私の写真も……」と思いましたが、確かめられませんでした。その後、ダラムサラを訪れた王力雄やこの詩文集の訳者・燕子から、確かに私の写真だと知らされました。

パンカジ・ミシュラは、テンジンがポーズをとった写真が掲載された詩集を持つ私をカメラにおさめました。最初、私は妙な感じを覚えました。実は、テンジンの人生のキーワードである「亡命」は、私の人生のキーワードでもあるからです。そのことは、現在、はっきりと確認できます。

ただし、テンジンと私では「亡命」のあり方が異なっています。彼は〝境界外〟の亡命者で、亡命先のインドでは割合に身体的な自由があります。私は〝境界内〟にいながら故郷を喪失し、手で触れられるような危険を感じ、身体的自由はごくわずかしかありません。亡命生活を送るテンジンは実際にダライ・ラマ尊者のお声を聞け、お姿を見ることができます。尊者がちょっと彼の赤い鉢巻きをはずして、「おや、どうしたの？　調子が悪いのですか？　熱が出たのかな？　それとも汗をかいたのかな？」と声をおかけしたこともあります。しかし、私はヴァーチャル空間でしか尊者にお目にかかれません。[*6] 尊者がテレビ画面に登場されたとき、私の目には涙があふれました。尊者はユーモアたっぷりに自分の眉を指さしながら「泣かないで。泣かないで。ほら、白い眉が見えましたか？」とおっしゃいました。

私の「亡命」ではポタラ宮は見えますが、主であるダライ・ラマ尊者はおられません。深夜、がらんとしたポタラ宮が煌々と光に照らされながら劇的に暗やみに入り込むのを見ると、涙が止まりません。

また、私はダライ・ラマ尊者のお誕生日のとき、ツーリストでにぎわうノルブリンカ離宮に赴き、タクテン・ミギュル・ポタン宮殿の黄金の法座に純白のカタ[*7]を献上できます。その日、盛装した多くの同胞がきれいな生花を持ってお祝いに来ていました。あるお年寄りがこう言いました。

「わしらはずっと待っている。待ちわびている。わしらのクンドゥン様[*8]がお帰りになられるのを……クンドゥン様にはご自分の宮殿、ご自分の寺院、ご自分の民と大地がある。ここのもの全てはクンドゥン様に属すのじゃ。わしらの今生も来生もただクンドゥン様に属すのじゃ。わしらの心のよりどころじゃ。きっとご先祖の地に戻ってこられる。……」

そう願い、祈ります。

最近、フェイスブックでテンジン、あなたの写真を見ました。その顔には幾たびかの世の転変が現れているようです。

## 六

以前、私は創作の理念を巡歴、祈禱、（歴史の）証人の三つの言葉にまとめました。

しかし、今、「創作は巡歴」というのはあまりにも楽観的でロマンティックすぎると思っています。多くの苦難、問題、恐怖という現実に直面すると、創作は亡命、あるいはもっと峻厳な状態と対峙しなければならないからです。

今は「創作は流浪（ディアスポラ）、創作は祈禱、創作は証人」と思っています。

このような創作によって亡命者のテンジン、そして彼と私の翻訳者・燕子と互いに励ましあいたいと思います。

二〇一九年一月十六日　北京

＊1　青海省西寧とチベット（中国語で西蔵）自治区ラサを結ぶ高速鉄道。

＊2　一九六九年、ウッタル・プラデーシュ州に生まれ、英国王立文学協会会員。邦訳書に『アジア再興―帝国主義に挑んだ志士たち―』（園部哲訳、白水社、二〇一四年）がある。

＊3　二〇一一年八月創刊、気骨あるジャーナリストたちの記事で注目されたが、二〇一三年五月に停刊を余儀なくされた。

＊4　共訳『殺劫―チベットの文化大革命―』集広舎、二〇〇九年参照。

＊5　アムドは青海省、甘粛省、四川省など、ウーツァンはラサ地方とチベット南部、カムはチベット自治区の東部、青海省、四川省、雲南省など。

＊6　オーセルはパスポートを何度申請しても発給されず国外に出られないが、二〇一一年一月四日、インターネットのテレビ電話でダライ・ラマ一四世と対話できた。劉燕子編著訳『チベットの秘密』集広舎、二〇一二年、一八四～一八八頁。

＊7　薄いシルクの布でスカーフに似ているが、ファッションではなく、心からの敬意を現すためのもの。

＊8　ダライ・ラマの尊称の一つ。敬虔な心で呼びかければ尊者が目の前に現れるという意味が込められており、敬愛や親愛の情を込めて使われる。

独りの偵察隊―亡命チベット人二世は詠う―　＊　目次



## I　詩篇

## II　詩文

赤いハチマキ姿のテンジン

# I　詩篇

# 地平線

君は家《ホーム》からたどり着いた
ここに地平線がある
ここは別の
ここへと君は行く

たどりついたところから次へ
その次からさらに次へ
地平線から地平線へ
一歩一歩がどれも地平線

歩数を数え
数字を記録する

白い小石と
奇妙で不思議な木の葉を拾う
曲がり角や
断崖のまわりに目印をつける
また家《ホーム》に帰るときに
必要だから

# ロサル*1

タシデレ（おめでとう）！

この花園は借地だけど
すくすくと育ってくれ、妹よ

今年のロサル
早朝の初詣に行ったら
どうぞよくお祈りしてね
来年のロサルには

ラサで祝えるように

尼寺のクラスに出席するとき
どうぞよく勉強してね
チベットに帰ったら
子どもたちに教えられるように

昨年
楽しいロサルのとき
朝ごはんにイドゥリとサンバールを食べて*2
大学の卒業試験を終えた
ぼくのイドゥリはギザギザのかたいフォークにやられちゃったが
試験はよくできた

この花園は借地だけれど
すくすくと育ってくれ、妹よ

根を張れ
レンガや石やタイルや砂利をかきわけ
枝を大きく広げて
そびえ立つんだ
高い垣根を越えて

タシデレ！

＊1　チベット暦の正月三が日。元旦にはチュマーという祭具やチャンというチベット酒を家の神様にお供えし、五色の祈禱旗のタルチョを掲げ、若者も民族衣装のチュバを着て初詣に出かけ、お互いに「タシデレ」と挨拶する。「タシ」は喜慶、「デレ」は吉祥を意味し、「タシデレ」で「おめでとう」となるが、それだけでなく「こんにちは」など様々な場面で使われる。

＊2　インド料理で、イドゥリは米粉と豆粉で作ったパンケーキ、サンバールはスパイスをきかせたスープ。

# 独りの偵察隊

ラダックからは
チベットがチラッと見える
人は言う
ドゥムツェの黒い丘が見えたら
そこからチベットだよ
初めてぼくが我が祖国チベットを見たときのこと
急がねばならぬ密かな旅の途中
その盛りあがった丘に立った

大地の匂いを思いきり嗅いだ
土をしっかり握りしめた
乾いた風と野生の老いた鶴の声に
耳を澄ませた

国境などどこにも見えない
誓って言うが、そこには何もない
変わったところなどないのだから

あそことここの違いなど
ぼくには分からないよ

人は言う

毎年、冬になると、キャン（野生のロバ）がやって来ると
人は言う
毎年、夏になると、キャンは戻っていくと

# 絶望の時代

ぼくのダライ・ラマが殺されたら
ぼくはもう何も信じられなくなる

ぼくの頭を埋めろ
ひっぱたけ
ぼくの服をはぎ取れ
鎖をつけろ
決してぼくを自由にさせるな

獄中では
このからだはお前のもの
だが、からだの中はそうではない
ぼくの信念はぼくだけのものだ

お前は手を下すのか?
だったらこっそりと——ぼくを消せ
確実にいかなる気配も残さずに
決してぼくを自由にさせるな

望むなら、もう一度やれ
初めから正確に
懲らしめろ

再教育しろ
教え込め
お前の共産主義のからくりを見せろ
決してぼくを自由にさせるな

ぼくのダライ・ラマが殺されたりしたら
ぼくはもう
何も信じない

## ぼくのチベット人としての本懐

三十九年間の亡命
どの国もぼくたちを支援してはくれない
血気ある国は一つもない！

ぼくたちはこの地の難民だ
祖国を失った民だ
どの国の市民権も持たない

チベット人、世界の同情を集めるところ

穏やかな僧侶、陽気な伝統主義者
十万プラス数千人からなる
同化をもたらすさまざまな文化的覇権の中で
うまく混ざり合い、影響を与えあった人々

一々検問され、お役所に行かねばならない
ぼくは「インドのチベット人です」といえるよう
自らの身分証明書を
毎年、額手礼《サラアム》とともに更新しなければならない
インドで生まれた外国人だから

でもインド人というふうにはならない
このしわだらけのチベット的な顔つきだけが理由ではない

ネパール人？　タイ人？　日本人？
中国人？　ナガ人？[*1]　マニプル人？[*2]
だが、誰も「チベット人？」と聞いたりはしない

ぼくはチベット人だけど
チベット出身ではない
チベットに一度も行ったことがない
でも、夢見てはいるんだ
そこで死ぬことを

＊1　インド北東部、ミャンマー国境地帯のナガ丘陵地帯に居住する民族。
＊2　インド東部、ミャンマーと接する州。

# 亡命者

ぼくが生まれたとき
おふくろは言ったんだ
お前は亡命者（refugee）だよ
わが家は道路脇のテント
炊煙は雪にしみ込む

お前たちのおでこと眉のあいだには
Rという字の烙印が押されているんだ
ぼくの先生は言った

おでこをひっかいたりこすったりしてみたけど
見えたのは
緋色の鈍痛（red pain）*だけ

ぼくは生まれながらの亡命者
三つの言葉を話せるが
歌うように口ずさめるのは
母語のチベット語だけ

ぼくのおでこに刻印されたRの文字は
英語でもヒンディー語でもなく
チベット語で

RANGZEN（独立）
自由はまさにRangzen

＊ナサニエル・ホーソンのゴシックロマン『緋文字（The Scarlet Letter）』に通じる。ヒロインは姦通の罰に姦婦（adulteress）を示す赤いAの文字の付いた服を着せられた。

# ぼくはテロリスト

ぼくはテロリストだ
殺したい

角だってあるぞ
二本の牙もだ
それにトンボの尻尾もあるんだから

故郷から追放され
恐怖からも逃れ

命からがら逃げ帰り
ドアにガツンと顔をぶつけた

正義はいつでも否定され
忍耐はテレビ画面の中で
試され、サイレント・マジョリティ*の
面前でたたきのめされ
壁に追い詰められたが
土壇場で何とか巻き返した

ぼくは屈辱だ
お前が呑み込んだ
そのひん曲がった鼻で

ぼくは恥辱だ
お前が暗黒に葬り去った

ぼくはテロリストだ
どうか一発で倒してくれ
怯懦《きょうだ》と恐怖によって
ぼくは谷間に置き去りにされる
ニャーニャー鳴く猫と牙をとがらせる犬との間にいて
ぼくはただ独り。失うものは何もない

ぼくは銃弾だ
何も考えない

このブリキの殻から
たった二秒のスリリングな
人生に翔《と》びたち
死とともに死ぬ

ぼくは生命だ
お前が置き去りにしたはずの

＊一九六九年十一月三日、ニクソン大統領が高揚するベトナム反戦運動に対して「サイレント・マジョリティ（物言わぬ多数派）」は自分を支持していると演説したことに由来。

# ムンバイのチベット人

ムンバイのチベット人は
外国人ではない

彼は中華ファストフードのコック
北京から逃げてきた中国人と思われている
夏にパレル橋の木陰でセーターを売る男
彼は退職した偉いさんと思われている

ムンバイのチベット人は
少しチベット語なまりはあるが
ムンバイ風ヒンディー語をばりばり使いこなす
でも急に語彙が足りなくなれば
すぐにチベット語に切りかえる
それはパールスィー[*1]たちの物笑いの種だ

ムンバイのチベット人は
Mid-Day紙[*2]をパラパラとめくるのが好きだし
ＦＭラジオも大好きだが、チベットの
歌が流れてくることなど期待しない

信号まで行きバスをつかまえ

走り始めた列車に飛び乗り
長くてまっ暗な側溝を通り抜け
自分のねぐらへとたどり着く

「チンチョン、ピンポン」*3と
馬鹿にされると
彼は怒る

ムンバイのチベット人は
疲れきって
眠りにつき夢を見ていたい
深夜十一時、ムンバイ発の特急列車に乗り
ヒマラヤへと向かう夢を

朝八時五分発のローカル線急行列車は
彼をチャーチゲート駅[*4]へと運ぶ
地下鉄に乗り換えよう
やれやれ、ここも新たな帝国なのだ

＊1　インドのゾロアスター教徒。ムンバイにも多い。
＊2　ムンバイの英字紙。
＊3　中国語では ing、ang、ong などの発音が多いため「清朝（チンチョン）」と「ピンポン」を組み合わせ、中国人の蔑称に使う。
＊4　ムンバイ南部のターミナル駅。

# うんざりだ

うんざりだ
お定まりの三月十日の行進なんてもううんざり
ダラムサラの丘で叫ぶことも

うんざりだ
路上でセーターを売るなんてもううんざり
四十年間ほこりにまみれ、 つばをはきかけられ
ずっと坐り続けてきた

うんざりだ
米とインド豆を食べつづけるなんて
カルナータカ[*1]のジャングルで牛を放牧するのだって

うんざりだ
ほこりだらけのマンジュティラ[*2]にいて
ドーティ[*3]を引きずっているなんて

うんざりだ
一度も見たことがない
祖国のために闘うなんて

＊1　インド南西部に位置する州。
＊2　ニューデリー市内の亡命チベット人コミュニティ。
＊3　インド、パキスタンの民族衣装で、ヒンドゥー教徒の男性が着用する綿の腰布。

# ダラムサラに雨が降る時

ダラムサラに雨が降る時
ボクシンググローブをつけたかのような雨粒が
何千と落ちてきて
ぼくの家をドンドンとたたく
ブリキの屋根の下で
ぼくの部屋は泣きじゃくる
ベッドも原稿もびしょ濡れになる

時々ずる賢い雨が

部屋の裏から奇襲攻撃
壁は裏切って
隙間から洪水を呼びこむ

ぼくは孤島のベッドに座りこみ
ぼくの王国が氾濫に見舞われるのをただ見つめているだけ
自由についてのノートが
獄中での日々の回想が
大学時代の学友からの手紙が
パンのかけらが
マギー[*1]のインスタントスープ・ヌードルが
ぷかぷかと浮遊している
忘却された記憶が

突然よみがえるように

三カ月の拷問
モンスーンの雨が針葉樹に降り注ぎ
ヒマラヤの山々はきれいに洗い流され
夕陽に燦めいている

雨は次第におさまり
ぼくの家をドンドンたたかなくなった
ぼくは薄っぺらな屋根を慰めてやらねばならない
イギリス統治時代から義務を果たしてきた
あのブリキの屋根を
その下の部屋は

家を失った多くの人たちのシェルターだった

今ではマングースとネズミとトカゲとクモに占領された部屋
その一部をぼくも借りている
この借家こそぼくのささやかな実存だ

家主の女房はカシミール出身
八十歳だが、まだ故郷に帰れそうにない*2
ぼくたちはよく自慢しあう
カシミールとチベットの美しさについて

毎晩、ぼくはこの仮住まいに帰る
でもぼくはこのままでは死にたくなんかない

ここを抜け出す活路がきっとどこかにあるはずだ
この部屋のように泣き寝入りはしない
すでに監獄で十分に泣いてきた
次々に訪れる小さな絶望の中にいながら

ここを抜け出す活路はどこかにあるはずだ
だからぼくはもう泣かない
ぼくの部屋は
もう十分にびしょ濡れなのだから

＊1　スイスの食品会社ネスレの国際的ブランド。
＊2　カシミールはインド北部からパキスタン北東部にかけての山岳地帯。農牧畜が主産業で、カシ

ミア織の産地。その帰属をめぐりインドとパキスタンで紛争が起き、一九四九年の停戦ライン
が暫定国境線となっている。

# ペドロ*の横笛

ペドロ、ペドロ
君の横笛の中には何がある？
母を亡くし、裸足で
街の濡れた石畳を走り回る少年か

ペドロ、ペドロ
君の横笛の中には何がある？
弱々しいうめき声か
十六歳で身ごもり

家から追い出されて
公園の公衆便所の裏で暮らす少女の

どうやって吹くのだろう
ただのプラスチックの管に過ぎないのに
どうやって横笛に息吹を与えるのだろう
目も耳も口もない横笛が曲を奏でる
ほら泣いている、ほら歌っている
笛の音は小さな針になり
矢になり、突き刺さる
耳に毛の生えたフクロウの
心臓さえも突き刺すほどに

ペドロ、ペドロ
君の横笛の中には何がある?
窓の隙間からもれるヒューという音か?
あの少女の泣き声か?
それとも疲れ果てて
警察署で眠る
少年の寝息か?

ペドロ、ペドロ
君の横笛の中には何がある?

*南アフリカのミュージシャン。この作品は彼のために、二〇〇五年、ダーバンで書かれた。

# 亡命者のわが家

屋根からは雨が漏り
四方の壁は崩落寸前
だが、ぼくらはもうすぐ祖国《ホーム》に帰るのだ

家の前にはパパイヤの木を植え
庭では唐辛子を育て
周りを木の柵で囲む
わらぶき屋根からカボチャが転がり落ち
子牛は飼い葉おけから飛び出してくる

屋根には雑草が生い茂り
豆が芽を出し、つるを絡ませる
オウゴンカズラ*が窓をはい上がる
わが家は巨大な根っこのようだ

かつての木の柵が森林になってしまった
この時代、子どもにどう話したらいいのだろう
我らがどこから来たのかを

＊垣通し（カキドオシ）とも呼ばれるつるで伸びる薬草。生薬として煎液は腎臓病、糖尿病、湿疹、水虫などにさまざまな効能がある。

# ぼくのタマネギを探して

むいて、むいて、またむいて
ぼくのタマネギを探そう
目に涙があふれだし
手が汚れてしまう
散らばったタマネギの皮がぼくをじっと見つめるので
実はもう持っていたことに気がついたよ

# 国境をくぐり抜ける

夜は腹這いになって進み、昼は身を隠す
暗い夜が二十回過ぎ、ぼくらは雪山にたどり着いた
あと数日で国境を越えられる
険しい山道だが力を振りしぼって登りさえすれば

頭上では爆撃機が旋回している
恐怖に襲われた子どもたちが悲鳴をあげる
ぼくは子どもたちをぎゅっと抱きしめる
疲れ果て手足がバラバラになりそうなのに

ぼくの信心がぼくに警告する
進まなければ、ここで死んでしまうと
こちらに娘、あちらに息子
乳呑み児を背負い、やっと雪原にたどり着いた

ぼくらが這いつくばって登った怪物のような山々は
そこを通り抜けようとする旅人たちに
次から次へと経帷子《きょうかたびら》を着せた

まっ白な虐殺のキリング・フィールドの中心には
凍てついた死屍累々
弱った心をゾッと震えあがらせる
雪の上には血痕が点々としているが

戦士はこの道をまっ直ぐに進まなければならない
祖国は赤いドラゴンに陥落したからだ
我らは「イシン・ノルブ*」に祈る
心に灯る希望に
祈りを唱える
食料は尽きた
氷で渇きを潤しながら
幾夜も腹ばいになって進み、やっと再会できた

ところが、ある晩、娘が
足が燃えるように痛いと訴えた
娘はつまずいても、凍傷の足でよろよろと立ち上がる
皮は裂け、深い傷口から血が流れる

痛い痛いと娘は必死にもがく
翌日、娘の両足は切断された
肢体不自由になれば死ぬしかない
私は無力な母
「アマラ（母さん）、弟たちを助けてやって
私、ここでしばらく休んでいるわ」
娘の姿が霞んで見えなくなるまで
微《かす》かなすすり泣きが聞こえなくなるまで
涙と業苦で振り返り続ける
両足は私を進ませるけど
魂は娘のもとにずっと留まっている

亡命後、幾星霜も経ってしまったけれど、

その姿はまだはっきりと目に焼きついている
凍傷にかかった手を振る姿が
彼女にとって長子であることはとても辛いことであったろう
毎晩、娘のために燈明を灯し
彼女の弟たちも一緒に祈っています

*「ダライ・ラマ」の尊称で、「如意宝珠」を意味する。「ダライ・ラマ」はチベット仏教で最上位の化身ラマの名跡で、モンゴル語で大海を意味する「ダライ」とチベット語で師を指す「ラマ」を組み合わせている。

# 廃墟のつぼみ

愛がもしハッと目覚める夜明けなら
ぼくは最後のぼんやりした夢

もし愛が頭のさえた者にとっての旅立ちなら
ぼくは宿屋に忘れられたターバン

もし愛が長く曲がりくねった小径なら
ぼくは道ばたで太陽に見とれる小石

もし愛が冷たくてトリッキーな渓流なら
ぼくはほとりの枯れ草

もし愛が死後の生命なら
ぼくは神から見捨てられた一四七歳の老人

もし愛が香ぐわしく咲き誇るバラの花なら
ぼくは開こうとして朽ちるつぼみ

もし愛が人生で最高の祝福なら
まさに、ぼくの人生なんて偏りばかり

# まっ白に洗って

太陽が燃えあがる
燃えあがり、燃えあがり、また燃えあがる
陽光がぼくを洗う
洗って、洗って、また洗う
完全に燃え尽きて
まっ黒になってしまうまで
ぼくは太陽の熱気で汗まみれ
それでも離れなければならない
大地を踏み鳴らしながら

今はまだみんなぼくのことを憶えている
交差点に置いてくれるし
高い台座にあげてくれる
まっ黒な花崗岩だけで
他の石などない
ぼくのまっ白なクルタ*まで
まっ黒焦げになっている

あの帝国の太陽は
ぼくをまっ白に洗うことはできない、ほんの少しも
惨めなぼくの民族
ぼくのまっ白なクルタが見つかる

あまりにも静かな状態で
誰かがぼくに光を与えてくれた
それはカラス
ぼくはそいつに頭をさし出す
ぼくの肩をとまり木にしろよと

＊インド風の襟なしシャツ。

# ぼくはどこかでぼくのロサルをなくした

旅路のどこかで、ぼくは
あれをなくした。それがどこで、いつだったかはわからない
祝日にたまたま起きた事件などではない
年を重ねるにつれ置き去りにした
とてもゆっくりと、そして、ぼくは戻らなかった
子どものころ、毎年のモモ[*1]の祝宴を楽しみに待っていたあの頃
あれはそこにあった

亡命学校で新聞包みのプレゼントのために並んだあの頃も
あれはそこにあった
ぼくらが年をとる誕生日、バースデー・ケーキやキャンドルの前にも

旅路のどこかで、ぼくは
あれをなくした。いつ、どこでだったろうか

新調した服は古くさいし
爆竹にはギョッとするし
ブタ箱にぶちこまれた英雄が生きるために食べるか、あるいは
壁に頭から突進して死ぬかというときも
ぼくらはボリウッド・ダンスを、[*2]ここで踊っていた
全寮制の学校で制服や日用品などに気をつかうとき

家族が親しい友人という意味になったとき
いつの間にか、ロサルは新年の神聖な決まりごとだということを忘れ始め
どういうわけか、なくしてしまった

旅路のどこかで、ぼくは
なくしてしまった。いつ、どこでだったろう

ムンバイがまだボンベイと呼ばれていたころ[*3]
ぼくは西海岸の大学で学んでいた

姉の家族は聖地を巡礼し
おじさんはバラナシ[*4]に、母は南インドにいて
子牛を放牧している。ぼくはダラムサラの警察に

出頭しなければならない。[*5] だけど、そもそも列車のチケットなど
ぼくには手に入らない
順番待ちをしたところで、確実に手に入るわけではない
三日は必要
往復チケットなら
一週間はかかる
たとえぼくが行けたとしても
他の兄弟姉妹は時間がないかもしれない
こうしてタイミングを見計らっているうちに
もう二〇年もロサルを祝ったことがない

旅路のどこかで、ぼくは
なくしてしまった。いつ、どこでだったろう

ロサルのとき、子どももろくでなしも
ヒマラヤ山脈を越えて電話をかけると
泣き声が電話線を伝い聞こえてくる

ロサルのときは造花の飾りにモモのご馳走。そして、二〇〇八年
我が民族は馬にまたがり
ダダダっと無差別に発砲するマシンガンに向かって「自由」を叫んだ
彼らは虫けらのように殺された
オリンピックの壮観のさなか
我らは頭を剃りあげ、決死の覚悟で
ハンストしたが、敗北した
ぼくは死ぬわけにはいかない

仏法ではそう戒められているから
旅路のどこかで、ぼくは
それをなくしてしまった。
いつ、どこでだったかわからない
ぼくはどこかでロサルをなくした

＊1　チベット式の蒸しギョウザ、水餃子。
＊2　ボリウッド・ダンスはインド映画に出てくる独特のダンス。「ボリウッド」はインドを代表する映画都市で、かつてボンベイと呼ばれていたムンバイから発信される映画産業の俗称で、ボンベイ（Bombay）とハリウッド（Hollywood）の合成語。
＊3　一九九五年、ヒンドゥー至上主義のシヴ・セーナー党が主導し、公式名が英語名ボンベイから現地名ムンバイへと変更された。
＊4　ガンジス川に沿ったヒンドゥー教の一大聖地。かつてベナレスと表記されていた。
＊5　チベット独立を主張するため要注意人物と見なされているから。

# 激雷が大地を揺るがす

激雷が大地を揺るがす
地平線の端から端まで
ぼくは屋上にスックと立つ
大地に向かって。それから
軽やかに離陸する
夜空に閃光が
流れ、きらめく
その曲線は
釣り針の先のように鋭い

瞬《まばた》くふたつの目は一つに重なる
瞬《また》く小さな星のように
瞬く
瞬きながら
すっと消える

冷たく乾いた空気の中でぼくはじっと見つめる
涙が凍りつく
ぼくは瞬けない

# いかに歩いたか

どんなにか歩いたことか、あの日々を忘れてはならない
九十九日間の徒歩の旅
三百人が一列になり前を向いて
ガンディーとダライ・ラマの写真を持ち、語りながら歩いた
しかし、互いに目を見つめることはできなかった
前の人の頭を見ながら、言葉を交わした
モラバダッドの賑やかな通りを歩きながら
個人の物語や秘密を、緑の田んぼや野原や
暗い谷陰、高い山々を歩き、古びた橋を渡りながら語りあった

ボブ・マーリーを真似て
ボリウッドの馴染みの歌
「旅は美しい《スハナ・サファル・ハイ》」を歌った
ぼくらはチベット人。「中国人《チンチョン》」ではないし
ジャッキー・チェンとつながってもいないことは確かだ
九十九日間道路わきで眠った
郷里のことだけを想い、中国の銃弾や
チベットの刑務所の猥雑な物音を思い浮かべながら
九十九日間インドの人たちに「こんにちは《ナマステ》」と言った
道中出会うたび
雨に降られ、雷雨に打たれ
ラドラプル*の焼け付くような暑さに見舞われるなか
歩きながら新聞を読み

しかも路上の柔らかい牛の糞を見逃さないように歩いた
ディディハットへの途上、ジャングルで蚊やヒルに襲われ
標高の高いクマーウーン山系では汗まみれになり
服は汗を吸い、ぼくらはびしょぬれになった
水膨れがチューインガムのように膨らみ、足に赤い斑点を残した
靴底はすっかりすり切れたが上から見るとまだ普通に見えた
九十九日間の難行苦行
でもずっと続けられた行動の立派さは保証できる
修道僧や尼僧、同性愛者
拘束された留置所で
殺人犯や性犯罪者たちと何日もいっしょに過ごした
親も家族もインドの大学の親友も残してきた
Eメールやヤフーチャット、hi5やフェイスブックの

写真も見ずに
ただひたすらチベットを目指して行進した
一歩ずつ、来る日も来る日も
今度警察はぼくに何をするだろうか、国境で何が起こるか心配し
不安なところへ向かい歩いていく
九十九日間徒歩の旅
望みがかなえられるだろうかと案じ
郷里へ帰っていくのだと夢の中で信じて歩いた
しかし、揺さぶられて目が覚めると
インドの警察がぼくらを拘束した
九十九日目、バスやトラック、ジープに詰め込まれ
チベットへの出入口から
デリーへ送還された

あの九十九日間を、ぼくらが歩いた日々を忘れてはならない

＊ラドラプル、ディディハット、クマーウーンはウッタラーカンド州の地名。

# 蜘蛛の巣

旅館の食堂は閉店で
ぼくは一文無し

休みが始まったとたん
ぼくは独りぼっち
寂しいふところを抱えて
ガランとした廊下をうろつき
うたた寝する年寄りにぴったり寄り添う

乾いた瞳が青ざめる
空き室が目立ち途方に暮れたかのように
輪になって互いにじっとみつめあう
「ぼくはここにいるよ」とでも言うように
ぼくは通りがかりに
彼を見つめ
彼はぼくの
食道を見つめる

時々、誰かがハーモニカで
軽やかなメロディをそっと奏でている
どこかの閉まったドアの
きっちり閉まった蝶番の中に消えていくだけ

次に湧いてくるつばを飲み込む前に
少しだけ水が必要だ
テーブルの上に置かれた水筒と
電気スタンドとに蜘蛛の巣がかかっていて
一匹のハエが
捕えられ
必死にもがいていたが
とうとう動かなくなった

時計は六時をさしている
朝の六時か？
夕の六時か？

血まみれの太陽はいったいどこだ!

# 芽生え

こぬか雨がぼくを湿らせる
沈み込む
頭へ、胸へ
体内で燃えあがり
目玉は飛び出し
髪は逆立ち、毛穴は開き
汗は吹き出し、臭気を放つ
流血、憔悴、吶喊《とっかん》
ぼくの声は引き裂かれる

ぼくは野ざらしの死骸
降り注ぐ雨で
シャワーを浴びる

2001年1月、オベロイ・タワー・ホテル（現在のヒルトンホテル）14階まで昇っての抗議活動

# II 詩文

## 抵抗――違いを祝福しあう――

二〇〇二年、約二百名のチベット人グループがムンバイの大通りで逮捕された。それは、朱鎔基*首相がインドのビジネスの中心であるムンバイを訪問したとき、許可なしに大通りで抗議運動を敢行したからだ。警察署はこんなにも多くのチベット人を収容するには狭すぎた。看守もこれほどたくさんのチベット人を見たことがなかったので、どういう理由で逮捕されたのか聞き取りをはじめた。

チベットの抗議者にとって、胸に秘めた悲しい思いを吐露するチャンスがようやく到来した。かくして中国がチベットを占領したためチベット人がどんなに苦難を耐え忍んできたかを説明した。ところが、看守の調査係は訴えを聞いたあと、何と、警棒を振り上げて叩こうとした。

「お前たちが言うとおり、百万以上のチベット人が殺され、六千以上の寺院が破壊され、今でも数千人が投獄されているなら、どうして、ただプレートをあげて、スローガンを叫ぶだけなんだ！　これぽっちで自由のための闘いなんていうやつなど、殴りつけてやるぞ！」

どんな被害者にとっても、きわめて耐えがたいことは、それまで舐めてきた苦難というより、加害者が相変わらず法の制裁を逃れていることだ。それ以上に最悪なのは、加害者が力を見せつけながら意気揚々とあちこち闊歩する一方で、被害者が沈黙を強いられることだ。

ぼくらは自由な国家に身を置きながら、中国の指導者が何の問題もなくインドを訪問したり、商談を持ち込んだりするのを、むざむざ指をくわえて眺めているだけだ。まるで中国国内やチベットではすべてが順風満帆であるかのように、チベット人がやるべきことをやれない。これが耐えがたい苦痛なのだ。

ぼくらの抗議は決して中国人への憎しみからではない。彼らが犯したあやまちに対して良心を呼び起こしたいだけだ。彼らに知ってもらいたい。――ぼくらは一度たりとも忘れたりしない。ずっと抗議し続ける。世界中の人々に訴える。彼らの残酷極まりないやり方によって体験した権力犯罪を。そして、この抗議に支援を求めていく。

今月、中国の指導者、胡錦濤国家主席がアメリカとカナダを訪問する予定だ。五月初めにはインドを訪問する。

チベット人と支援者は、それにどう対処したらいいか途方に暮れている。心の奥底の声に従えば「チベットに自由を！」というスローガンを大声で叫びたい。ところが、亡命政府は必死に懇願している。「そうしないように」と。

カシャ（チベット語で内閣）・政府は中国と「建設的な対話空間」を作り出そうとずっと努力してきた。これに呼応して一部の国際的チベット支援組織は中国に最後のチャンスを与えようと抗議行動を放棄するつもりだ。そして、カシャ・政府は全体の統一行動を呼びかけているようだ。

チベットの利益のために闘うぼくらの精神はカシャ・政府と一致している。だが、方法が違う。六〇年代の「一つの目標、一つのスローガン」はもはや不可能だ。ぼくらは時代とともに前進している。

一部の国際的チベット支援組織は、胡錦濤の訪問中に沈黙を保つことはダライ・ラマ法王の信認を高めることになると考えている。もちろん、この信認に文句をつけたりはしない。法王の行った（不殺生の戒めに毛皮は合わないという）道徳的説教のたった一言で、チベット全域の数千人のチベット人が虎や豹のチュバを焼却したほどだ。

だが、チベット問題はダライ・ラマ法王の権威や力量だけで解決できるものではない。法王ご自身も初めからそう言い続けてこられた。もちろん、ぼくらは一人一人みな法王を心から尊敬している。ぼく自身も法王を仏様として崇敬している。同時に、チベット問題の話になると、法王が政治的かつ道徳的に多大な圧力を受けているとも感じている。

中国という枠組みの中で自治を求めることは、法王が最も強く望む選択ではなく、やむなく置かれた境遇で出した現実的な決断だ。それは間違いなく法王の真心からのご意志による英断である。

チベット問題はチベットの国家としての独立の問題であり、六百万人のチベット人の自由の問題だ。現在、ダライ・ラマ法王が一九六〇年代にまかれた民主主義の種が長い歳月を経てようやく花を咲かせ、実を結んでいる。今は六〇年代、七〇年代とは違い、独立や民主主義の思想を持つ若者は社会の圧力に屈服し続けることなどない。現在、世代間の違いは政治的立場にとどまっているが、将来は手段の違いになるだろう。したがって、中国がダライ・ラマ法王の高齢なのを利用するのがチベットという難問を安全に解決する方法だと考えるのは全くの時間の無駄づかいだ。

自由な国家の薫陶により亡命チベット人社会は多様なイデオロギーや考え方を受け入れられるところまで発展してきた。この健全な社会的発展こそ、亡命チベット人社会の真の力量である。この力量の増大は、誰か一人の指導者に盲従するのではなく、一人一人が自分が真に確信する政治理念に向かい努力することによる。このように多様な考え方は亡命チベット人社会を魅力的にし、力量をさらにアップさせている。

チベット亡命政府がチベット人や支援者に胡錦濤の訪問期間中には抗議行動を自制するように呼びかけ、ダライ・ラマ法王ご自身も三月十日のスピーチで似たような要請をされた。だが、それは呼びかけに過ぎない。抗議行動に参加するか否かの決定権は、一人一人の個人、および各支援組織自身にある。支援組織がボランティアとしてチベットを支援するのであれば、今後も自分たちで考え方を検討し、独自に決定すべきである。支援組織はチベットのために存在している。決して政治的理由でたびたび政策を変える亡命政府のためではない。

ぼくらの間で考え方が異なるのはもっともなことだ。お互いに尊重しあわなければならない。相違を祝福しあうべきだ。

チベット人は追い散らされているのではなく、世界中に広がっている。世界各地でさまざまな「チベットに自由を！」運動が起きるだろう。ぼくらは意見の相違で対立しているのではない。ぼくらは多様性に富んでおり、チベット問題の解決に向けて無数の方策を探っているのだ。これこそぼくらの力量であり能力だ。

ダラムサラ　二〇〇六年四月

＊一九二八年に湖南に生まれ、四九年に入党。五七年からの反右派闘争で「右派」と批判されたが、文革後に名誉回復。上海市長など歴任し、鄧小平に経済手腕を高く評価され、九一年に副首相、九二年に政治局常務委員、九八年に首相。改革に積極的な姿勢から「中国のゴルバチョフ」と呼ばれた（二〇〇三年に引退）。

## ぼくの美しき女神ゼデン・ラモ――想像と現実のチベット――

七年前、同じこの季節に、ぼくはラサの寒い牢屋に放り込まれていた。これは本当にめったにない物語だ。

インドで生まれ育ったチベット人であるぼくは、一度も自分の目でチベットを見たことがなかった。だから、ぼくは国境を歩いて越えた。国境など想像上のものにすぎなかったが、現実にあり、それを越えたぼくは不法越境者にされ、火傷した指とともに強制送還された。

かつて、ぼくが学校に通っていたころ、いつも両親からチベットの思い出を聞かされ、想像をふくらませた。果てしなく広がる緑の草原、ぐるりと囲む頂上に万年雪を冠した山々、無数のヒツジやヤクの群れの向うに点々と見える遊牧民のテント、そして遠い岩壁の上にはポツリと寺院がそびえ立つ。

ぼくはずっと自分の目でチベットを見たいと思っていた。そこで生活し、まさに進行中の中国政府への抵抗運動に身を投じたかった。もしかしたら、それは、十三、四歳の中学生のロマンティックな夢想にすぎなかったかもしれない。

成長とともに歴史的知識が深まり、殊にラサで抗議運動をした無防備のチベット人を中国兵が射殺するショッキングな写真が目に飛び込んできたとき、ぼくが想像するチベットは全く変わってしまった。ぼくはそのチベット人の服に触れた。外国人によりチベットから密かに持ち出され、学校に展示されていた。服は血にまみれ、銃弾による穴があいていた。ぼくはその場で誓った。生きている限り、ぼくは中国の占領に決して沈黙することはないと。

高校を卒業し、チベットに入ろうとして、失敗した。専門学校を卒業し、再び試みると、成功した。それどころか、ぼくはラサの監獄を三カ月も体験した。最終的に、ぼくは中国人に「外国人＝インド人」とされて追い出された。ぼくは憤慨し、侮辱を感じた。

ぼくがはじめて目にしたチベットは想像を超えてショッキングだった。ゲルツェ、ラツェ、シガツェ、ラサでは道路標識から店の看板までほとんど中国語だった。チベット社会というよりチャイナ・タウンだった。ポタラ宮の写真一枚買うにも、身振り手振りが必要だった。数人のおばちゃんが、ぼくたち（おじさんのように見える情報員とぼく）のもとに近づいてきた。コイン数枚のために靴を磨くというのだ。おふくろのような年の女性がピチピチのナイロン・パンツをはいて、そんなことをしているのを見て、ぼくは悲しくなった。

ぼくらの心の中にあるチベットの大部分は想像の産物だ。それはステレオタイプ、外国人観光客の個人的体験、うわさなどから作られた。

ぼくらはチベットを愛す。だからこそチベットの現実を学び、知らなければならないと思う。一本のニュースであれ、チュラ（乾燥チーズ）であれ、至るところにある中国製魔法瓶であれ、チベット本土のものを神聖視してしまうことはたやすい。ぼくらは綱渡りをするように神経を尖らせねばならない。自分の怠惰な空想に浸ることで中国のプロパガンダの餌食になってはならない。

最近、ダラムサラでは、地元のケーブルテレビ・ネットワークを通して中国のテレビ番組が家庭に直接入ってきて、それを見ることが果たして良いことなのか、悪いことなのかという論争が盛んだ。どんな番組もプロパガンダだからと拒絶するのは、チベットから到来するものはどれもありがたいと思うことと通底している。そうではなく、注意深いチャイナ・ウォッチャーの立場で中国のテレビ番組を視聴すべきだろう。この論争は最終的に、情報を注意深くふるいにかければ大丈夫だという後者の立場の方が勝《まさ》った。

中国のテレビ番組がカトマンズ（ネパールの首都）を席巻しダラムサラに入って六カ月になる。それ以来、電話をかけるときは、中国語で「ウェイ（〝もしもし〟に相当）」と言い、気軽な挨拶には「クンカムサン」と声をかけるのがダラムサラの最新で面白味のあるスタイルになっている。

数年前にチベットから来たぼくの友人は、チベットのラジオ番組を聴くのが好きだ。時々彼といっしょに聴くが、中国なまりのラサ方言は吐き気を催すほど気持ちが悪い。単語の末尾を引き伸ばす鼻母音など、聞いていると窒息しそうになる。歌も同じだ。チベットでは流行のポップス歌手すら、中国の京劇風に鼻音を効かせて歌う。「海外同胞」へ向けた彼らの英語放送は物笑いの種だ。中国語なまりのアメリカ英語は何を言っているか分からないどころか、滑稽ですらある。

どんなにわざとらしく演出されていたとしても、「西蔵（チベットの中国名）」テレビから、行くことのできない故郷をチラッと窺《うかが》い知ることは、いささかの満足をもたらす。チベットのポップス歌謡の文化は個性的で独自なスタイルに到達していた。逆に、亡命地の歌手の大半はオリジナリティに乏しく、ただ外国の歌を借りてきて唱っているだけだ。

チベット出身のヤートンとチョンショル・ドルマは、亡命チベット人に人気のあるスター歌手だ。ヤートンは愛国的な歌を唱ったため中国当局から嫌がらせをうけたが、「郷愁」はダラムサラで大ヒットした。陽気でかわいいエンジェルのチョンショルドルマはチベット語と中国語で唱う。彼女の「羊毛を刈りに来て」は亡命チベット人の若者のあいだで一世を風靡した。デリーで彼女のＤＶＤの海賊版が作られている。デリーだけでなくダラムサラやカトマンズでも彼女のＤＶＤが高額で販売されているのを、ぼくはこの目で見た。彼女の歌には大地と文化への愛が込められている。また、ヤルツァンポ川*を母なる川と呼ぶときなど、彼女は常に注意を払っている。亡命チベット人には触れず、中国の罠に落ちて非難されないように気をつけている。

チベット・テレビのお笑いタレントで時事コメンテーターでもあるミクマル氏とトゥプテン氏は亡命チベット人社会で人気を博している。また逆に、亡命社会における著名なコメディアンのパ・ツェリンの歌や漫談は録音され、密かにチベットに持ち込まれ、ファンの間で流行している。

世界で最も高く険しい山脈に隔てられて離ればなれになったとしても、亡命者とチベットの同胞のあいだの愛は変わらない。この愛はヒマラヤをも突き抜けるから、ぼくらは心おきなく分かりあえる。

亡命チベット人社会で伝統音楽を実践し続けることへのよくある批判は「時代遅れだ」と

いう意見だ。これは芸術が革新もなく繰り返されるときに至る結果である。求められるのは伝統を正しく理解することであり、芸術家はそこから出発して新たな曲を作らなければならない。アーティストは生来の才能と並々ならぬ努力によって社会の需要を満たしているかもしれない。だが伝統と現代が見事に融合した創作は亡命社会の音楽シーンではめったにない。数少ないが、ガワン・ケーチョク、ヤンチェン・ドルマ、テーチュンにこのことが見出せる。チベットを愛するからこそ、チベット人と認知するのに必要だからこそ、チベットをこの目で見て、そこで生きたいと切望する。

どんな服を着て、どんな風に酒を飲み、どんなかたちで踊っていても、チベットの若者はぼくらよりずっと愛国的だ。なぜなら、彼らの未来はチベットにあるからだ。だからこそジャムヤン・チューデンはこう唱う。

ぼくは切に願う
ノルブ・リンカを一目でいいから見たい
それでダラムサラの山を登ったが
残念なことに
ノルブ・リンカは見えなかった

＊ヒマラヤ山脈北部を源流とし、ブラマプトラ川に至る。

# ぼくにとっての亡命

ぼくは、チベット人のように赤ら顔だが、その他はインド人に近い出身はと聞かれても、ぼくは永遠に答えられない。ぼくは真に帰属すると思えるところはないし、故郷《ホーム》というものを持ったこともない。

ぼくはマナリ[*1]で生まれたけれど、両親はカルナータカ州[*2]に住んでいる。ぼくはヒマーチャル・プラデーシュ州の二つの異なる学校を卒業してから、マドラス、ラダック、ムンバイでさらに勉強を続けた。

姉妹はバラナシにいるけれど、兄弟はダラムサラにいる。ぼくの登録証（インド滞在許可証）によれば、ぼくはインド在住の外国人である。しかし、ぼくの公民としての身分はチベット人だ。でも、チベットは世界の政治地図では一つの国家として認められていない。

ぼくはチベット語で話すのが好きだが、書くのは英語だ。ぼくはヒンディー語で歌うのが好きだが、メロディもアクセントもおかしい。

いつもこんな具合になる。誰かと知りあいになって、出身はどこと聞かれると、ぼくはいつも率直にチベットと答える。するとみんな眉を上げて驚き、さらに質問やら、意見やら、疑問やら、同情やらと次々に言葉の爆弾を雨あられと浴びせかける。

だが、誰も明らかにシンプルな事実には関心を示さない。つまり、ぼくに〝故郷《ホーム》〟といえるところはどこにもないということに。この世界において、ぼくは、せいぜい政治的難民にしかなれないということにもなるというわけだ。

ぼくらは、少年時代、ヒマーチャル・プラデーシュ州のチベット人学校で勉強した。先生はいつもチベット人がチベットで受けた苦難を次から次へと教えた。ぼくらはいつも自分たちは難民で、ひたいに大きな〝R〟を刻印されていると教えられた。でも、子どもはその意味をあまりわかっていなかった。ぼくらはお説教が早く終わって、灼熱の太陽の下で頭からあぶら汗を流しながら立たせられることから逃れたかった。

長い間、ぼくらはひたいに〝R〟の烙印がある特別な人間だと信じきっていた。ぼくらと学校の周りにいる地元のインド人とは見た目ですでに違っていた。肉屋さんは毎朝、二十一匹のヒツジやヤギを殺した。屠畜場で殺されかけたヤギがメェーと哀れな声をあげると、ぼくらはいつも、そのブリキの屋根に石を投げつけた。

近所には他にも五家族がいて、りんごの果樹園を持っていた。そして毎日、いろんな方法でりんごを食べているんだと思い込んでいた。

学校では、西洋人がたまに訪れるだけで、いつも同じ顔ぶれだった。おそらく、ぼくが学校で最初に学んだのは、ぼくらは難民で、この国には帰属していないということだろう。

ぼくはまたジュンパ・ラヒリの『病気の通訳』[*3]を読むべきなのだ。彼女はある雑誌で自分の著書について語りながら、亡命は自分自身とともに成長したと言った。それはぼくにも当てはまるようだ。

最近のあらゆるインド映画のなかで、ぼくが最も楽しみにしていたのはダッタ(J.P. Dutta)監督の「難民(Refugee)」[*4]だ。映画の中のあるシーンで、ぼくらの苦難を如実に描き出している。ある父親が家族を引き連れて国境を越え亡命する。隣国での暮らしは大変で、次々に事件が起きるが、必死で切り抜ける。やがて父親は当局に逮捕され、「お前は何ものだ」と訊問されたとき、取り乱してしまう。

「向こうで暮らせなくなったので、ここに来たんだ。でも、ここでも……難民になるのは罪なのか?」

国境警備隊の将校は衝撃を受け言葉を続けられなかった。

数カ月前、ニューヨークにいるチベット青年のグループは、自分たちが苦境に陥っていることに気づいた。一人の若者が死んだのだが、グループの中で誰ひとり葬儀のやり方を知らなかったのだ。誰もがお互い顔を見合わせるばかりだった。その時、突然、自分たちはもう故郷《ホーム》から遠く離れてしまったことがわかった。

……そして長い歳月を経る間に、我らが埋葬しないまま、屍体はベッドルームのドアを通り抜けて我らとともに食事をとる。

アベナ・P・A・ブシア[*5]

西側にやって来たチベット難民は、他のアジア諸国からの移民と同じように、高度に機械化された競争世界の中で生計を立てるために必死で働いている。ある老人は十分な収入のある仕事を見つけ、これで薄給の家族の負担にならなくてすむと喜んでいた。

彼の仕事はビーッと信号音が鳴るとボタンを押すだけであった。こんな簡単な仕事を一日中やるだけでいいのは楽しかった。彼は毎日座って数珠をつまぐりながらぶつぶつと読経していた。もちろん、彼は常に宗教的に厳正な態度でボタンを押し続けた。(ああ！　どうか、お許しください。彼は自分が何をしているのか知らなかったのです。)[*6]
数日後、老人は好奇心に駆られ、仕事仲間にボタンの働きについて尋ねた。すると、ボタンを押すたびに、一羽のニワトリの首が切られるのだと教えられた。即座に老人は仕事を辞めた。

二〇〇〇年十月、世界はシドニー・オリンピックに沸いていた。学寮でぼくらもテレビに釘付けになった。開会式が始まった。しばらくして、突然、ぼくは目がかすみ画面を見ることができなくなった。涙で顔中ぐしゃぐしゃになった。

決して、シドニーのその場にいたかったからでも、壮麗な雰囲気やオリンピックの精神に感動したためでもない。ぼくは周りの人たちに釈明しようとしたけれど、みな理解できなかった。理解しようともしなかった。どうして理解できるだろうか？　それぞれ自分の国があり、祖国を失うなんて考えたこともない人たちに。

彼／彼女たちは自分の国のために涙を流すことなんてない。自分自身が帰属する場所を持っているから。世界地図に書かれているだけでなく、オリンピックにも参加できる。国民として誇り高く行進できる。民族衣装を着て、国旗を高く掲げて。そういう彼／彼女たちを見ると、ぼくだってとてもハッピーだ。

夜のとばりが降りても、君の星は見つからない。

ぼくが沈黙と涙に暮れると、ネルーダは語りかける。静かにテレビを観終えたとき、ぼくは落ち込んでしまって息もできないほどだった。みんな国境は関係ないとか、スポーツを通じて同胞精神を築こうなんて議論している。自分の家にでもいるようにリラックスした状態で、「人類が一つになるため、国境を打破するため、団結しよう」と語りあっている。でも、そんなこと、ぼくには話す資格がない！　ぼくは難民として、何よりも家《ホーム》に帰りたいのだから。

ぼくにとって家《ホーム》はリアルだ。あそこにある。けれど遥か遠く離れている。それは、ぼくの祖父母や両親がチベットに遺してきた家だ。山と山との谷間に建っている。おじいちゃんとおばあちゃんは畑を耕し、ヤク*7を飼っていた。お父ちゃんやお母ちゃんも子どものころよく遊んでいたところだ。

今、ぼくの両親はカルナータカ州の難民キャンプに住んでいて、住居や耕地を分け与えられている。トウモロコシの収穫物が一年分の収入源だ。年に二回の短い休みのとき、ぼくは両親のもとに帰省し、いつもチベットの家《ホーム》のことを聞く。

父や母はよくあの運命の日について話してくれる。チャンタン*8の青々とした草原でヤクやヒツジを放牧しながらのんびり遊んでいたとき取るものも取りあえず、村から逃げ出さなければならなくなった。みな村を出て、中国人が殺しにやってくると口々に噂していた。お寺が爆破され、大混乱の中で手当たり次第に掠奪された。遠い村ではもうもうと煙があがり、山の奥から悲鳴が聞こえてきた。

村人たちは家をあとにし、果てしなく連らなる険しい山々を越えインドにたどり着いた。まだ子どもだった両親にとって凄まじくも恐ろしい旅路だった。

インドで、親の世代は肉体労働者となり、マスマリ、ビル、クル、マナリで道路工事に従事した。当時、世界で最も海抜の高いマナリからラダックまで全長数百キロの舗装道路はチベット人によって建設されたものなのだ。

夏の暑さに耐えきれず、最初の数カ月で、数百人の亡命チベット人がバタバタと倒れ、亡くなった。雨季がめぐってくるたびに健康が損なわれた。道路沿いのテント暮らしをしながら何度も移動した。チベット人はそれを耐え抜いた。

ぼくは急場しのぎのテントで生まれた。あるときぼくはおふくろに「誕生日はいつ」と尋ねたが、「みんな疲れきっていて、おなかもペコペコだったから、誰も誕生日は憶えてないわ」という答えだった。
学校に入学するときになってようやく、ぼくに誕生日が与えられた。ところが三つの異なる記録があるので、ぼくには誕生日が三つもある。一度も誕生日のお祝いをしたことはないけれど。

雨季がやって来ると、農園には恵みとなるが、我が家は違った。四十年ものの瓦屋根からはポタポタと雨水が漏れてくる。こうなると家族総動員で鉢、樽、バケツ、鍋、椀などの炊事用の道具をみな出さねばならない。おやじは屋根にのぼり割れ目を修繕したり、瓦を取り換えたりする。もっといい材料を使って屋根全体を修理するなんて、一度も考えたことはない。おやじの口ぐせはこうだ。「もうすぐチベットに帰るからな。本当のわが家は故郷にあるんだ」
だから、ぼくらの牛小屋もちょっとだけの修理でおしまい。庭の草ぶきの小屋も、年に一回、至るところに虫食いの穴のある古い支柱や骨組みを取り替えるだけだ。

チベット人が初めてはカルナータカ州に定住したとき、パパイヤと数種の野菜だけ栽培すればいいと決めた。ダライ・ラマ法王の祝福により十年以内にチベットに帰れると、口をそろえて言っていた。でも今や、グァバの木も老木となり、裏庭に捨てたマンゴーの種は実をつけるようになった。ヤシの木は我ら亡命者の家にかぶさるように繁っている。

年寄りは日なたぼっこをしながらチャン（酒）やバター茶を飲み、古き良きチベットについて語りあう。若者は世界各地に四散し、勉強や仕事に励んでいる。この待つということは、永遠を再定義したかのようだ。

**オウゴンカズラは壁づたいに広がり**
**我が家に根を生やしたようだ**
**周囲の垣根は成長してジャングルのようになった**
**ぼくは子どもたちにどう言えばいいのだろうか**
**我らがどこから来たのかについて**

最近、ダラムサラで、ぼくはダワという友人に会った。彼は、数年前、中国の監獄から釈放されて、インドに亡命した。彼はぼくに獄中の体験を語ってくれた。

彼の兄弟の僧侶が「フリー・チベット」のポスターを貼ったため逮捕され、獄中の拷問によりダワが仲間だと自白させられた。そのため、ダワは裁判なしに四二二日間も投獄された。

当時、彼はまだ二十六歳の若者だった。

ダワはそれまで中国の政府役人として長い間働いていた。若い頃には北京に送り込まれ、教育を受けさせられた。ところが今や、ダワは中国がチベット人に共産主義の観念を教え込み、信じさせようとした努力はすべて徒労だと笑い飛ばしている。ありがたいことに、彼においては、中国の努力は実を結ばなかったのだ。

二年前、ぼくの親しい同級生のタシに、おじさんから人生のなかで最も厄介な手紙が届いた。チベットにいる両親がネパールの聖地巡礼に行くために二カ月のビザをとれたと書いてあった。タシはダラムサラに弟を迎えに行き、一緒にネパールまで両親に会いに行った。インドに亡命してから二十年も会っていなかった。

タシは出発する前に手紙をくれた。

「ツゥンドゥ、ぼくはついに両親に会えるけど、喜んだらいいのか、泣いたらいいのか、よくわからない。ぼくは両親の顔さえおぼえていないんだ。小さかったときに、おじさんに連れられてインドに亡命したから。それから二十年も経っている」

その後、またネパールにいるおじさんから手紙が来た。母親が一カ月前にチベットで亡くなったと。

ぼくは、崩壊したベルリンの壁を越えて、東と西に分断されていた家族が再会し、抱きあったとき、ドイツ人たちが喜びのあまり涙を流すのを見たことがある。コリアンは、南北に分断する国境線が最終的に解消されるとき、涙をあふれさせて喜ぶことだろう。

ぼくは、チベットの離ればなれになった家族は再会できないのではないかと恐れている。祖父母の兄弟姉妹はチベットに残されたままだ。おじいちゃんは数年前に亡くなった。おばあちゃんはいつになったら兄弟姉妹と再会できるだろうか？　おばあちゃんがぼくらに「ほら、ここがお家《うち》だよ。ここが畑だよ」と案内してくれるのは、いつの日になるだろうか？

＊1　ヒマラヤ山中の渓谷にある街。
＊2　インド南西部に位置する州。
＊3　Jhumpa Lahiri, *Interpreter of Maladies*, Houghton Mifflin, 1999。日本語版は小川高義訳『停電の夜に』新潮社、二〇〇〇年。
＊4　二〇〇〇年公開のボリウッド映画。不法難民を支援するインド人ムスリムが主人公。
＊5　ガーナの作家、詩人、フェミニスト。
＊6　「天」の原文英語はLord。キリスト教では「主」と訳せるが、チベット仏教に合わせて「天」と訳す。中国語訳は「仏祖」。なお、聖書「ルカ福音書」二三章三四節で十字架のイエスが「父よ、彼らをお許しください。

彼らは何をしているのか、分からずにいるのです」と言ったと記されている。

*7　チベットなど海抜三千メートル以上の高原に生息する毛の長い牛。農耕・運搬だけでなく、毛はテントや袋を作るのに用い、肉は食用にする。

*8　インド北部、ヒマラヤ山脈西部で北斜面の地域。

## なぜ、ぼくはさらなる足場や塔に登ろうとするのか？

子どものころのある日、両親はとなり村で映画を観るため、ぼくを祖父母にあずけた。「夜道で家まで歩けないからね」と言われた。それでぼくは水瓶を割った。ぼくは決して台所を水びたしにしようと考えたわけではない。両親に抗議したのだ。

先月、中華人民共和国の朱鎔基首相がインドを訪問した。ぼくにとって、敵国の「ビッグ・ブラザー」[*1]がノコノコやって来たことになる。ぼくはそいつに面と向かって教えてやりたかった。一番いい方法は「おれの国から出て行け！」と叫ぶことだった。

ぼくは足場をつたってオベロイ・タワー・ホテル（現在のヒルトン・ホテル）の十四階までのぼった。そこで朱鎔基はインドの外交官や実業界の大物に向かって講演していた。ぼくは「チベットに自由を（フリー・チベット）！」という垂れ幕とチベット国旗を掲げ、抗議の理由を書いたチラシ五百枚をまきながら、大声でスローガンを叫んだ。

その瞬間、カーテンが巻き上げられ、フロア全体の全ての窓から中国人が顔をのぞかせて、ぼくを見た。ぼくはやつらに向かって誇り高くチベット国旗を振りかざした。この瞬間こそ全てだった。

幸いなことに、ぼくは会議場で朱鎔基をピシャっとひっぱたくというアイデアを放棄した。その後、ぼくは拘置所で、次の文章を書いた。

彼は背が高かった
両手を腰に当て、ひじを張り
エベレストのよう
ぼくはエベレストに登った
ぼくはもっと高くなったし
両手は自由だ

警察はぼくの動機に同情的だった。それに彼ら自身の利にかなっている。もしチベット独立が実現できたら、彼らはぼくのような手の焼ける抗議者に対処する必要がなくなるからだ。十万もの亡命チベット人はチベットに帰郷することになるのだと、彼らはよく知っている。そうすればヒマラヤ山脈に沿った国境線がより安全になることも期待できる。中国人が一九四九年にチベットを占領して、インドは初めて中国と国境を接することになった。ある警官はこう言った。

「おれたちはもっと協力しなけりゃな」

亡命者によるチベットの自由のための闘いは、チベット内の直接対決に比べれば象徴的なものだ。過去四十年間、ぼくらが成し遂げたことは、一つの国としての真実のチベットを世界の人々に紹介できたことだ。チベットの民は真に血の通った肉体を持っていて、他の土地に生活する人々と同じように痛みや怒りを感じる能力がある。チベットは「シャングリラ」[*2]であり、そこでは高僧が五センチ宙に浮いて歩くなどというのは、陳腐な作り話なのだとあばき出した。

だが、ダライ・ラマ法王が一九八九年にノーベル平和賞を受賞し、世界の人々のチベットへの同情がピークに達したまさにその時、自由のための闘いは停止してしまったかに思える。それ以前、一九七九年以来チベット亡命政府が中国政府と交渉を始めてから、[*3]自由のための闘いにおいて大規模な大衆運動は終焉を迎えた。

力強い大衆運動なしに、亡命政府がチベットの自由を取り戻せるなんて無理だと思う。中国との対話など夢物語だ。三十年かけて得られたものといえば「話しあいについて考慮する」ための前提条件だけで、それは全く受け入れがたいものであった。

最近チベットから亡命してきた友人が言った。チベット内で信頼できる友人を見つけるのは難しい。誰もが金目当てで、中国の密告者になっているかもしれないからだ。政府と異なる考えを口にした者は深夜に拘束され、町外れで死体で発見されたり、殴られて障害が残る者もしばしばだ。基本的人権を獲得しようとする企ては自殺と同義なのだ。チベット人は自分の祖国でマイノリティと化している。チベット全域はテロと弾圧の暗雲に覆われている。

今、二つの鉄道路線がチベット東北部からラサまで敷設中だ。中国人は大洪水のようにチベットに侵入し、資源を貪るだろう。世界の屋根は生態系のバランスが崩れて揺らいでしまうだろう。やがて、ガンガ川、ブラマプトラ川、インダス川、長江、メコン川は血と屍体で満ちあふれるだろう。それに、チベットに設置された戦闘部隊や核ミサイル基地は、北京が無防備なチベット人に対するものとして着想したはずがない。

チベットへの無関心と行動をともなわない「非行動闘争」がじわじわと抗議運動を絞め殺している。異国情緒豊かなチベットは西側に売れるけれど、現実の問題に取り組むときには何の役にも立たない。その問題とは、もちろん独立だ！

ここまで書いてきたら、ちょうどダライ・ラマ法王が健康問題のためカーラ・チャクラ[*4]をとり止めたというニュースが入ってきた。十万人のチベット人はがっかりしたが、ぼくはむしろうれしくなった。何故なら、突然、円の中心が動いたからだ。円の周縁が不安定になったから、再調整しなければならない。これはまさに多くのチベット人にとって、状況は思っている以上に悪く、このまま行けばひどくなるという警鐘になった。

これからの二十年はチベットにとって決定的に重要な時期となる。チベットは運命的な岐路に立たされるだろう。生きるか、死ぬか。ひとたび中心が消失したら、周縁全体が大混乱に陥る。〝非暴力で平和的なチベット人〟は、一民族として、一文明として生き延びるため、決死の覚悟で最後の行動を起こさねばならない。それはどんなに激しいものとなるだろうか？

チベット問題の本質は政治的であり、従って政治的に解決すべきである。ぼくらはインドが差し伸べてくれたあらゆる援助や支援に対して感謝はしているが、チベット問題を解決する局面ということになれば、インドは自由の闘いを支援すべきなのだ。

かつて、毛沢東が「インドは中国の兄弟国だ。友情万歳」を掲げ「ヒンディ・チニ・バイ・バイ（Hindi Chini Bhai Bhai)」と叫んだことで、インドは中国一辺倒になった。しかし、間もなく一九六二年、突然、裏切られた。[*5] 当時、ネルー首相は信じがたいと大きなショックを受けた。今日、朱鎔基は「経済」の手をさしのべて「インドと中国のビジネス万歳（ヒンディ・チニ・バイ・バイ＝Hindi Chini Buy Buy)」と叫んでいる。

長い間かけて、ぼくらは中国が厄介な隣国だとわかってきた。この闘いに勝ち目がないことも、ぼくらは知っている。世界に顧みられていないからだ。

ぼくらは消え去るかもしれない。だが、それはインドにとって悪性の腫瘍となるだろう。三千五百キロにおよぶ極めて長い国境線でインドは中国と直接接するようになるためだ。インドは覚醒し、この現実を直視するだろうか？　今やチベットの独立とインド国境の安全の確保のために協働する時だ。

ダラムサラにて、二〇〇二年三月

＊1　ジョージ・オーウェルの小説『1984』に全ての人々を監視する支配者として登場。
＊2　ジェームズ・ヒルトンの『失われた地平線』で描かれ、理想郷の代名詞となった。
＊3　一九七九年八月、第一次チベット代表団がチベット訪問し、一九八〇年五月に第二次、九月に第三次と続いたが、一九八一年夏、中国政府は事実上拒否した。

＊4　カーラは時間を、チャクラは輪を意味し、「時輪」と訳される灌頂の儀式。チベット密教の最奥義で、あらゆる時間は存在の中にあり、またあらゆる存在は時間の中にある。生きとし生けるものは本来的に仏性を有し、全てが仏になる可能性を秘めている。この教えは世界平和に繋がるために、儀式は一般の人々に広く開かれている。

＊5　国境をめぐる一九五九年から武力衝突が起き、一九六二年に大規模な紛争になった。

詩の朗読会

# コルラ（右繞）[*1]——生生不息——

一匹のハエが、あふれた雨水で路上まで流されてきた牛の糞のかたまりの上に坐った。ハエを乗せた糞はさらに流されて村はずれの仏塔までたどり着き、ハエを連れて聖なる建物をぐるりと右回りして、最後は近くの支流に合流した。ハエは来世は人間に生まれ変わった。チャンスに恵まれ、お釈迦様のお言葉を聞くことができ、祝福された。仏典では、こう書かれている。

十二月下旬、ダラムサラに二、三日雪が降り続いていた。今日は午後から晴れたけれど、大気は肌を突き刺す。マクロード・ガンジ[*2]にかかる雲の裏から太陽が顔をのぞかせたとき、タシが通りに出てきた。

家にいても退屈だから、外に出てぶらつくことにしたのだ。気だるく足の向くまま商店や屋台が途切れるところまでやって来て、そこで古いブレザーを着たニマに出くわした。タシは握手して、「やあ、ニマ」と言った。ニマが「コルラしにいくのかい」とたずねると、タシは「まさか」と答えた。

彼はマクロード・ガンジの界隈を無関心な様子で呑気にぶらつく。雑多な売り物が並ぶ。様々な国の人が行きかう。英語、ヒンディー語、チベット語、パンジャーブ語の看板が立ち並び、チベット音楽のBGMと活気ある小さな町の自然音が聞こえる。それがダラムサラだ。

タシはまだ二十五歳にもなっていないと思われる。彼の態度はその年齢特有のもので、顔にもそれが現れていた。彼は大卒だがまだ確実な仕事に就けていない。彼はブルージーンズをはき、黒と赤のストライプのジャケットを羽織っている。ジーンズはうす汚れ、布は引きちぎれ、糸状になってうっすら穴が空いていた。それは家に親がいないことを示している。


タシがトゥルナン寺[*3]に向かうテンプルロードに入ろうとしたとき、老人が通り過ぎた。タシは時計を見て、大通りを振り返り、また歩き始めた。彼はナムギャル僧院の近くの食品店の隣の空地を探し、そこでチャンバと会って、ングートゥプやサルマンについてたずねた。チャンバはガールフレンドのドルマを待っていた。

今日は、いつもキャロム[*4]をする茶館が閉まっている。ほんとうにつまらない日になりそうだなとタシは思った。彼は坂道を下り、リンコル（巡礼路）に入った。コールタールで舗装された道は、灌木の中に松、トウヒ、オーク、シャクナゲが生い茂った森に至る。その細い道は緑豊かな丘の中腹を腰に締めた帯のようぐるりと走っている。その丘の上にはダライ・ラマ法王の公邸があり、人々はその丘の道、すなわちリンコルを巡礼路として右回りに歩いていくのだ。ちょうど、かつてラサでポタラ宮の周りを回っていたときと同じように。

今、タシは昼下がりの暖かな日ざしを楽しんでいる。そしてリンコルの小径からカングラの谷[*5]に広がる平原を眺める。まるで手相を見るようだ。後ろには白雪に覆われたダウラダール山脈の白い雪に覆われた峰々が流れゆく白雲とともに青い空というキャンバスに描かれている。彼の歩いている道沿いにはまだ雪が残っている。

彼は「オムマニペメフム」[*6]の文字が刻まれ、五つの基本の色、すなわち青、白、赤、緑、黄に彩られたマニ石の塚や岩のあるところを通っていく。

タシはマニ石を彫る職人に近づき、立ち止まり、その作業を見つめる。岩板に彫られつつある「オム」の字にじっと目を凝らす。神聖な文字を刻み終えて職人はフーッと一息つく。その顔には不思議な満足感がただよっている。

年老いた職人はふと振り返り、若者が見ていることに気がつく。

「寒くないかい、ポーラ（おじいちゃん）。」

タシはたずねながら、口から言葉といっしょにひとかたまりの白い息を吐く。職人は鑿《のみ》と小さな槌を地面に置きながら答える。

「チベットじゃ、お前の背丈くらい雪が積もるもんじゃよ」

そして左手を高く上げてこれくらいだぞと見せ、また道具を手に取る。タシは何も言わず、またぶらぶら歩き始める。年老いた職人は心配そうに遠ざかるタシを見送る。


しばらく歩くと、タシはマクロード・ガンジですれ違った老人を見かける。老人は杖をついてゆっくり歩いている。腰はいささか曲がっているが、足どりはしっかりしており、強靱な意志の持ち主だとわかる。老人の身にまとったチュパ[*7]は黒で、足元のチベットブーツとよく似合っていた。左手にはマニ車を持っている。このため狭いリンコルの小径は老人に遮られてしまっている。


タシは老人のことなどお構いなしに、少し距離を縮めて追い越そうとする。左から行くと、マニ車にぶつかりそうだ。右ではタールの舗装道路をふらふらとついてくる杖に当たってしまう。タシは小径が排水溝の上を通っているのが見えたので、それをチャンスに左からサッと老人を追い越す。するとすかさずからかう。

「お急ぎじゃな。若者よ」

タシは振り向くが、何も言わず、また前に向かって歩き続ける。

老人はマニ石塚のそばに立ち止まり、経文を唱え、目を閉じる。おそらく六十代から七十代で、顔じゅう深い皺だらけだ。ごま塩の髪の毛は二つに編まれて、毛織りの縁なし帽の中にしまい込まれている。帽子にはダライ・ラマ法王の小さな写真がついている。老人は首に数珠をかけ、腰をかがめ、道沿いの大きな岩に描かれた神像に額づく。

急なカーブを曲がると、若者が道ばたで休んでいる。老人は彼の顔をみつめて、からかう。

「もうくたびれたんかい？　まだまだ道は長いぞ。若者よ。」

少し考えてから、老人はきつい口調でお説教をつぶやく。

「今時の若いのはいい気なもんじゃ。何もやらんで、のんべんだらりと親の金を無駄づかいしとる」

タシは納得できない。反論しようと、ゆっくり立ちあがり、老人の背中に近づく。むかむかして頭にきたので、思うことをそのまま口に出してしまう。

「あなたたちこそ打ち負かされて、おれたちの祖国を中国人の手に渡してしまったじゃないか！」

そしてタシはじっと老人を見つめる。タシは怒りのあまり口を滑らしただけで、老人を傷つけるつもりはなかった。老人は落ち着いているが、傷ついたようだ。老人は道のまん中で足を止める。後ろにぴったりと付いているタシも仕方なく立ち止まる。

老人は冷たくきらめく雪山を背景にしたタシの顔をじっとのぞき込む。

「わしの息子が生きていたら、お前より年上じゃ。じゃが、中国人と戦って死んだ。わしの膝の上で息を引き取った」

老人は親指を自分の胸に当てる。

「話せば長くなる。お前は今までチベットのために何をしてきたというんだ?」

老人は厳しい口調で問いつめた。

今度はタシの番だ。彼は自慢げに大学でインド人学生とチベットのための運動を組織したと言う。参加した抗議活動の例をいくつもあげる。チベット文化の展示会も組織した。座り込みでハンストもやった。だが、話しているうちにタシは老人の前では自分の言葉が上滑りしているような気がしてくる。

二人の間に、ぎこちない沈黙がしばらく続く。夕陽が道ばたの小石に向きあう二人の男の影を落としている。タシはたずねる。

「カム[*8]のどこから来たのかい?」

老人のアクセントから出身地を推測したが、果たしてそのとおりだった。そして、老人は一歩一歩進みながら、中国人がどのようにチベットに侵入してきたか語り始める。二人は話しながらラギャリ地区に入っていく。二人はお互いの話に夢中になり、チョルテン（仏塔）、タルチョ、マニ車の列、そして巡礼者たちからなるリンコルの構造の一部になってしまう。

老人の物語は続く。独特の透き通った声はよく響く。二人は回廊のマニ車を一つ一つ回しながら巡礼者の後についていく。チョルテンに五体投地[*9]する者もいれば、色とりどりのタルチョを木々に結びつける者もいる。雨宿りの小屋に座って読経する老人もいる。

階段を登り、パンデン・ラモ（吉祥天）に向かうとき、二人は黙する。戸は閉じられているが、中にはチューキョン（護法神）が鎮座している。その前で二人は姿勢を正す。澄んだ表情で、目をつむり、深い畏敬の念をもって手を胸の前で合わせて祈る。

タシは祈るときいつも言葉が少ない。五体投地も老人より早く終わる。でも、彼はそばで老人を待つ。二人はいっしょにパンデン・ラモのチョルテンから離れ、下へ降りる。風にはためくタルチョを背に、丘から遠ざかっていく。

タシは足どりが不安定な老人を見守るが、わざわざ手を差しのべて助けようとはしない。老人はその日のできごとについて語る。一歩進むごとに一言を。右側にマニ車がずらりと並んだ回廊を通るとき、老人は聞きとれないほどの声で話す。

「あの日、わしは、息子といっしょに、勇士たちや軍馬とともに、近くの川まで来て、のどの渇きを、癒していた」

老人は杖を持ちながら指をあげて説明する。

「わしらは、中国人を、十人、殺した。助けてくれと、懇願する、たくさんの重傷者など、放っておいた。二週間分の、食料や、弾薬を、手に入れた。情報提供者から、丘の後ろに、小部隊が、隠れていて、翌日、大軍が、合流するのを、待っていると、知らされた」

老人はさらに続ける。

「その夜、わしらは、馬で早駆けし、中国軍の宿営地から、少し離れたところまで、進んだ」

老人は杖を馬に模し、声に活力をみなぎらせ、紅潮した頬を輝かせて、若者にその場面をドラマティックに再現する。

「そして、わしらは、忍び足で、そっと近づいた」

老人はひざを曲げ、タシには隠れろと指示した。二人はリンコルの西側の小さな坂を登る。老人は興奮してはあはあ息を切らし、汗びっしょりで杖をつきながら坂をあがる。丘の頂上近くになったとき、二人は夕陽の輝きを浴びる。老人はさらに話し続ける。

「中国軍の、隠れ家の、ドアまで、来たぞ」

老人は帽子を脱ぎ、マニ車とともにタシに渡す。杖を剣のように腰にさし、叫ぶ。

「殺《や》れぇ！　突撃だぁ！」

老人はタシにそばに来いと言う。彼は雪の積もった頂上に向けて杖を大上段に構え、サッと振り下ろしては、ツバメ返しでそばの繁みをサッと斜めに切る。そして、杖をタシに向け、彼の胸に突き立てながら言う。

「わしらは殺しまくったのじゃ」

老人の編んだ髪はほどけ、ざんばらになって額に垂れ下がる。汗まみれであえぐ形相《ぎょうそう》は恐るべき戦士そのものだ。

「あたりが静まりかえったとき、わしは、息子が隣の部屋で倒れているのを目にした。腹は切り裂かれ、息子は内臓を手で押さえていた。わしは息子をひざにのせたが、もう息を引きとるところじゃった。そばには三人の中国兵が死んでいた」

もはや何も語らず、老人はマニ車と帽子をタシから受けとる。杖の先を地面に向け、自分を支え、よろめきながら進む。おぼつかない足どりでつぶやく。

「アメリカの情報局が支援を引きあげてから、何もかも台なしになった」

ゆっくりと歩き、帽子を整え、髪の毛を後ろで結わえる。二人は黙ったまま白く塗られたマニ石が積み重なったところまで歩く。老人は道ばたの石に坐る。タシもそばに坐る。二人は夕暮れの空に広がったオレンジ色の光に包まれている。老人は膝の上にマニ車を置く。二人の姿は影絵のように空にくっきりと浮かび上がる。

老人は厳かに言う。

「わしらは一度も諦めなかった。中国人に捕まったら、自分でのどをかき切るつもりじゃった」

タシは「老先生」の言葉を一言も聞き漏らさぬよう耳を傾ける。

「一日一日を尊厳と自由をもって生きるんだ！」

老先生は言い聞かせる。片手を腰に当て、もう片方で杖を握る。杖はスックと立っている。

若者は熟したマンゴーのようにとろけた顔をして耳を傾ける。老先生はタシに期待を込めて語り続ける。父が息子に話すように「闘い続けよ」という。タシは老先生の手を握りしめ、その力強さが老人を安心させる。老先生はさらに忠告する。

「どうやるのかじゃない」

そうしてタシを立ち上がらせる。

「わしらは額をつけて祈る。これこそわしらの行く道じゃ」

老先生はタシのためらいを見抜く。

「遺された仕事をやり遂げよ。闘いに勝利し、ダライ・ラマ法王を自由なチベットにお連れ申しあげよ」

老先生はダライ・ラマ法王の公邸の方を向いて祈りを捧げる。両手で抱えたマニ車に額づき、夕陽の最後の輝きの中で祈禱し続ける。

タシは静かに離れ、凛烈な夕闇の中に消えていく。

＊1　聖地を右回りに巡礼する宗教的行為。あらゆる生あるものは前世での行いの善し悪しにより六つの世界（地獄界、飢餓界、畜生界、修羅界、人間界、天上界）のいずれかに転生する。コルラは功徳を積むことになる。

＊2　チベット人が多く居住し、観光客も集う。

＊3　ダラムサラにあるトゥルナン寺（中国名は大昭寺）。ラサのトゥルナン寺は世界遺産に登録。ダラムサラには他にもチベットにある重要な寺院が建てられている。

＊4　ビリヤードに似たゲーム。

＊5　ダラムサラの観光スポット。

＊6　観世音菩薩の慈悲を表す真言で、「おお宝珠と蓮華に幸いあれ」を意味し、チベット仏教で日常的に唱えられる。

＊7　チュパはガウンのような民族衣装。

＊8　チベットの東部地方。

＊9　全身全霊で全身を投げ出し、身（体）、口（言葉）、意（心）により仏法に帰依することを示す。チベットではキャンチャと呼ぶ。

## ぼくのムンベイ・ストーリー

ぼくがムンバイにやって来たのはチベット人コミュニティから離れるためだった。一九九七年、ぼくはパスポートや入国ビザなしにチベット領内に入り、中国の国境警備隊に逮捕された。暴行、屈辱、心理的な拷問の獄中生活を三カ月も送り、そしてチベットから放り出された。

インドに住む親族は、ぼくを支えるどころか、「どうして行く前に言わなかったのか」など、くどくど小言をいったり、説教した。「ほんとうに心配ばかりかけて」と責めるだけで、ぼくが数カ月も警察に乱暴され、訊問され、ようやく生還できたという経験がどのようなものだったかなど理解しようとしなかった。

ムンバイは典型的なチベット人が集まるところではない。ここに住むチベット人はせいぜい三十人くらいで、レストランや製麺工場のアルバイトなど、しがない仕事をしている。今はＩＴ企業に勤める若者もいる。

冬になると、およそ二百人のチベット人がセーターを売りに来る。二カ月ほど滞在し、渡り鳥のように難民キャンプに戻り、二月にロサル（チベット暦の新年）をお祝いする。乾季と雨季しかないムンバイにとって、セーター売りのチベット人は冬の訪れを告げる象徴だ。

ぼくが「ボンベイ」に来たとき、ラーニー・ムケルジー（映画女優）の巨大な宣伝ポスターが微笑みかけてくれた。一般のチベット人にとって「ボンベイ」はアミターブ・バッチャン（映画俳優・プロデューサー）が描く夢のような伝説の街だ。大都会、ビッグ・マネー、そして無数のならず者。

ボリウッドのスターも知られているので、ぼくはちょくちょくアーミル・カーン[*1]やアイシュワリヤー・ラーイ[*2]の実物写真を持って来てくれと頼まれる。チベット人の庶民はボンベイからムンバイに変わった経緯などよく知らないので、「中道[*3]」方式で「ムンベイ」と呼んでいる。

一九五〇年代初め、チベット人が初めてムンバイにやって来たとき、まだ「ボンベイ」と呼ばれていた。その頃、チベットはまだ独立国家で、チベット人はダージリンやカリンポンに拠点を構え[*4]、そこからほど近い港町、カルカッタ[*5]に足繁く通っていた。

しかしとあるチベット人の三家族が、一九四九年の共産主義革命で中国から逃げ出した中国人とともにボンベイに来て、麺製造のビジネスの仲間だった。現在でも、ムンバイで名の知られたレストランやホテルの一部は、この小さな麺工場から製品を買っている。

二十人あまりのチベット青年が「中華」レストランで料理人として働いている。四十歳のクンガはこれまで三十人の若者を「中華」料理のコックに育ててきた。あるジャーナリストが、一見して政治的な矛盾に気づき質問すると、カンガは「料理法は一種の技能です。チベット料理でも、中華料理でも、南インド料理でも、みなそうです」と答えた。

初めてチベット人がボンベイにやって来たときの逸話がある。チベット人のグループが二階建てバスに乗り、二階の座席についた。クラクションを鳴らしてバスが動き始めると、チベット人はみんな慌てふためいて一階に降りた。車掌が「どうしたのか？」と尋ねると、チベット人は口をそろえて「上には運転手がいないのにバスが動いている！」と叫んだ。この話が本当かどうか、ぼくにはわからないけれど、いまだにまことしやかに語られている。チベット人の、注意深さや物事を慎重にチェックする性格を物語っていると思う。

国際都市のムンバイでは、チベット語でおしゃべりして笑いあえるのはほんとうに楽しい。特別なとき、例えばダライ・ラマ法王のお誕生日に、ムンバイに暮らすチベット人は少ないなりに集まって歌い、踊り、おいしいチベット料理を分かちあう。道路上にひしめく自動車の騒音や近所の共同住宅から流れる耳障りなボリウッドの映画音楽に負けじと、チベット民謡を歌いあげる。

ぼくらはチベットから来たお客さんを海岸通りに連れ出して、大海原の広さを味わってもらう。同時に街にやって来たばかりの新米を特訓し、ムンバイでの生活に慣れさせる。まずはラッシュ時の通勤電車の乗り方の勉強だ。

ぼくがムンバイに来たのは亡命チベット人社会から逃れるためだけでなく、さらに勉学を続けるという理由があった。ボンベイ大学（現在のムンバイ大学）のカリナ・キャンパスでは文学や哲学を学ぶだけでなく文学創作を始めた。また、名の知られた作家やアーティストを訪ねた。例えば、ドム・モラエス（Dom Moraes、英語で著述するインド人作家・詩人）、ニッシム・エゼキエル（Nissim Ezekiel、インドのユダヤ人英語作家・詩人）、アディル・ジュサワラ（Adil Jussawala、インドの詩人・編集者・翻訳家）、アルン・コルハカール（Arun Kolhatkar、詩人）。ぼくは彼らの芸術や芸術との向き合い方からインスピレーションを得られた。さらに、舞台芸術、美術、展示ビジネス、映画制作の内幕、広報の仕事なども大いに学んだ。

一番よく働いたのもムンバイ時代だったけど、無一文で寝るところさえなかった。アンドヘリ（Andheri）、ボリブリ（Borivli）、クフェ・パレード（Cuffe Parade）、サンタクルーズ（Santacruz）、アンビリ（Ambili）[*6]などに住む友人たちの家に泊めてもらった。ボリブリからムンバイ市内に出るため、ヴィラール・チャーチゲイト（Virar Churchgate）の通勤電車に乗り込んで立つ場所を確保するための闘いを毎日繰り広げていた。ある日のラッシュアワー、ぼくはもう少しで電車から転落しそうになったが、翌日も同じ電車で同じ場所取りで争っているのに気づき、驚いた。ワダパウ（インドカレー風コロッケパン）で命を繋いでいた。海岸通りを歩きながらピーナッツを食べて悲しい詩句を綴っていた。

ボンベイ大学で修士号を取得してから、同級生がお金を出しあってくれて、ぼくは最初の詩集を出版することができた。そして、詩集を大学、クロスワード書店での朗読会、大地劇場、国立劇場、そして詩作サークルなどで販売した。

二〇〇一年、ぼくは第一回全インド・アウトルック・ピカドール・エッセイ・コンテストで大賞を獲得した。その頃、ぼくはムンバイに住んでいたので、メディアは「ムンバイの学生がエッセイ賞を受賞」と報道した。ぼくはムンバイの人として受け入れられてうれしかった。

大学のキャンパスで、チベット人はぼくだけだった。ぼくはチベット人が他にいないのを寂しく感じたが、その一方、インド人の友だちもたくさんできた。今では実際、チベット人よりインド人の友だちが多いくらいだ。

今、ぼくはヒマラヤのふもとのダラムサラ、ダライ・ラマ法王が家《ホーム》と呼ぶところで暮らしている。

ぼくは、チベット関係の様々な仕事でよくムンバイに行く。いつでも快く迎えてくれる友人がいるので宿泊や食事の心配はない。ムンバイの気風、言葉、文化、チャルタ・ハエ（なんとかなるさ）精神は、ぼくを心地よくさせてくれる。要するに、ムンバイでは自分の家《ホーム》にいるように感じることができる。

ムンバイはチベット問題に同情的だ。二〇〇二年、朱鎔基首相がムンバイを訪問したとき、ぼくはオベロイ・ホテルの足場をよじ登り、十四階から「フリー・チベット！」という抗議の垂れ幕をおろした。それは国際的なメディアに注目されたけれど、何より地元の新聞が一面トップで報道し、世論でも支持されたのは大きかった。突如として、「フリー・チベット！」運動の地図にムンバイが書き入れられた。

その夜、ぼくはクフェ・パレード警察署に深夜まで身柄を拘束されたが、ぼくとしてはムンバイで最も印象深いひとときであった。

しかし「フリー・チベット」運動はチベット人社会自身の内側から成長しなければ、いくら外からの支援があっても効果がない。だから、ぼくはチベット人社会内部に働きかけなければならない。そう思って、ぼくはムンバイを離れた。心はムンバイに残っているけれど。

ぼくの夢はチベットを中国の占領から解放し、自由になってぼくらの家《ホーム》を再び建てることだ。その時が来るまで、どこにいようと、本当の家はない。法的にいえば、ぼくらは、ダライ・ラマ法王すら含めて、みな無国籍者だ。家は、ぼくにとって神聖な意味を持っている。明日、チベットが独立し、帰国することになったとしても、やはりぼくはいつか「我がムンバイ」に戻ることがあるだろう。

ぼくは、あるとき、友人から年老いた母に手紙を渡してくれと頼まれた。ぼくは手紙を持参したが、その日、どうしても手渡すことができなかった。朝早く、別の友人から教えられたからだ。その母親は前の晩、睡眠中に息をひきとったと。享年七十九歳だった。彼女はよくぼくら若者にチベットでの暮らしぶりを語ってくれた。ぼくはいつも何時間も彼女が語るライフ・ヒストリーに耳を傾けた。そして、ぼくは彼女に「チベットは間もなく自由になって、家に帰れるよ」と言い続けてきたのだった。

ぼくらは、チャンダン・ワディ（Chandan Wadi）公設葬儀場で遺体を火葬した。前年、享年八十歳で亡くなったチベット人をダダール（Dadar）墓地に埋葬したばかりだった。[*7]

どんどん年長の世代が失われていく。みなチベットで生活し、中国の侵略を目撃した証人たちだ。もうすぐ、ぼくらのまわりには自由なチベットを目の当たりにしていた者が一人もいなくなる。そうなると、誰がぼくらに、中国軍がチベットに侵入する前の生活を語ってくれるのだろうか？

ぼくらは自分たちの土地を取り戻すまで、故郷《ホーム》の山々から遠く離れたムンバイで生きながら民族の物語を伝え続け、歌い続けなければならない。

二〇〇六年一月ダラムサラにて

＊1　映画俳優・プロデューサー。インド国立映画賞受賞。
＊2　女優・モデル。一九九四年のミス・ワールド。
＊3　ダライ・ラマ法王とチベット亡命政府は「中道路線」をとっている。
＊4　西ベンガル州の都市。ダージリンは高級茶葉の産地として知られ、その東にカリンポンが位置する。
＊5　英語化された名称で、二〇〇一年からベンガル語の「コルカタ」に変更。西ベンガル州の州都で、世界屈指のメガ・シティ。
＊6　いずれもムンバイの地名。
＊7　チベット仏教では鳥葬で天国に昇れる。

## ギャミ――中国人のイメージ――

中国軍の将校が古いジェリィ缶（軍用燃料缶）に足を伸ばして座っている。怖い目つきをした意地悪そうな笑顔。手にはタバコ。

チベット人の通訳はメガネをかけ、ファイルを持ち、ぺちゃくちゃしゃべりながらそのまわりを歩き回っている。

黄緑色の軍服を着て、帽子に赤い星をつけた陰気な人民解放軍兵士はみな、チベット人の囚人に、ほうき、鋤、こん棒などを銃の代わりに向けている。

これは難民キャンプで上演したチベット問題をめぐる劇の一場面だ。年寄りが若者に共産中国が統治するチベットの日常を語る。若者は一度もチベットを見ていないが、このような物語を心に抱いて成長する。

ぼくは憶えている。アク・トンドゥプ、威風堂々たるカムの戦士[*1]が短刀で中国兵を皆殺しにした劇を。ぼくはどんなに彼のようなヒーローになりたかったことか。

難民キャンプや学校でぼくらはよく中国対チベットの戦争ごっこをして遊んでいた。いつも中国が負けた。

現実のチベットから遠く離れた亡命生活で半世紀以上もかけて心の中に築いた中国人のイメージを検証することはおもしろい。それもぼくらの今後の成長に役立つだろう。

以前、イメージとして築かれたチベットについて小文を書いたが、ここではぼくらが持つ中国人のイメージについて書こう。

一九五九年三月十日、憤慨した大勢の民衆はノルブ・リンカ宮殿の周りに集まり、[*2]ケンチュン・ソナムギャムツォを誤って殺害した。服装から、中国人だと見なされたのだ。近年、ダラムサラでは天安門広場で虐殺された人々を追悼するため、ろうそくを灯した祈禱会が催されている。一九五九年から今日まで、長い年月をかけて亡命チベット人の心の中では中国人のイメージが徐々に変わってきた。

チベット語の「ギャミ（Gyami）」は基本的に漢人を指す。より民族的な言葉に「ギャリ（Grarik）」[*3]があり、それは漢民族という民族呼称だ。

中国がチベットに帝国主義的で覇権主義的な拡大を推し進め、土地を占領し、チベット人を制圧してから、「ギャミ」はテンダ（tendra）すなわち仏敵と見なされ狡猾で信頼できず、非道徳的で、ひどく残酷だと見なされるようになった。「ギャミ」は身の毛のよだつ爬虫類や昆虫や動物など何でも貪る。自分の子どもには「チンチョン、リンチン」など物を投げつけて出す音にちなんだ名前をつける。

ぼくらの亡命社会における演劇の舞台では、中国人といえば中国兵でしか登場しない。彼らは没個性で、銃を振りまわす残忍な軍人だ。将校はたいてい色白で少し太めな俳優が演じて、必ずタバコを吸っている。これらはぼくらの民族的な偏見だ。

このようにいつでも人を殺そうとする兵士の他に、もう一つのイメージが次第にぼくらの脳内を占領してきた。それはカンフー・マスターだ。ぼくはカンフー映画が大好きだった。学校では、カンフー映画の上映会が終わると、ぼくらは運動場に飛び出して二、三人でグループをつくり、映画で学んだカンフーの姿勢、組み手、足技などを競いあった。ジャッキー・チェンとブルース・リーは一番の人気俳優で、たとえ彼らが中国人でも、カンフーには魅了されたものだった。

一九八七年と八八年、チベット人は再び抗議に立ち上がった。ぼくらは中国の警察である人民武装警察の特殊部隊が無防備なチベット人を残酷に取り締まっているのを見た。子どものころから、その恐ろしい話を聞いて成長した若者は動画で現実のチベットを目の当たりにした。「赤いドラゴンは口から炎を吐く」中国人というイメージがさらに強化された。

その後、演劇の舞台には新しいイメージが現れた。カーキ色の軍服を着た人民解放軍兵士に代わって二本の黄色い筋の入った制服を着た警官が登場するようになる。動画からコピーされた中国人のイメージが現実をアップデートする助けになった。それに絶えずチベットから亡命してくる人たちも最新の情報をもたらしてくれた。

だが、一つだけ変わらないことがある。残忍でむっつりした、昔ながらのステレオタイプの人物像がいまでも亡命社会の舞台に登場している。数十年来のチベット人に対する残虐行為やチベットの文化財に対する組織的な破壊行為は、拷問と死という忘れられない記憶になっている。たとえ世代が交代しても、ジェノサイドと破壊は永遠に記憶され、伝えられていく。癒やされない傷は人々の記憶に深く刻み込まれ、赦されることも消えることもない。

だが、一九八九年の天安門民主運動はチベット人に全く新しいイメージをもたらした。それは、テレビを通じ、茶の間に放送されたもう一つの中国社会を映し出した映像だった。当時、学校に通っていたぼくはその映像を校舎で観た。銃と戦車で武装した中国兵が天安門広場を突き進み、同胞である中国人学生を射殺するのを目にしたとき、信じられず、大変なシヨックを受けた。

これは中国人にとっても驚くべき出来事だっただろう。それまで、どんなにその軍事的侵略、酷刑、暴力による抑圧などを訴えても中国人はチベット人の主張を信じなかった。

天安門事件における殺戮はぼくらの中国人に対するイメージを永遠に変えた。ぼくらは中国にも別の顔があることを認めるようになった。

今日、チベット人は中国が内部に様々な問題を抱えていることを知っている。イスラムの東トルキスタン（新疆）や内（南）モンゴルでも自由のための闘いがある。満州は移住した漢民族が人口の八〇%を占め、その土地の本来の先住民の数をはるかに超えている。なんとも悲しいことだ。さまざまな恵まれないマイノリティ・グループや数百万の農民や労働者が基本的人権を求めて闘っている。

世界各地に離散《ディアスポラ》した中国の民主活動家は自由で民主的な中国を要求している。だが、その中の一部は依然としてチベットやモンゴルなどの「少数民族」地域は中国の不可分の一部だという中国政府の主張に同調している。一体、占領した植民地を解放せずして中国をどのようにして自由な場所にするというのか？　侵略した国々を帝国主義的に支配し続けようとするなか、一体、彼らが語る自由や民主主義はどういうものなのだろうか？

北京はいわゆる「少数民族」を赤ん坊のように扱うだけだ。何もできず、従属的で、未開発で、遺伝的に野蛮で、ただ彼らの発展計画によってのみ救われうるという考えだ。中心的存在の漢人は紅旗の中心の大きな星となり、他の「少数民族」は周りの小さな星、という構図ができあがる。こうした恩着せがましい態度では、基本的対立は永遠に解決されはしない。

台湾では「モンゴル・チベット委員会」[*4]という植民地主義的機関を撤廃し、チベットの民族としての権利を認めた。これは台湾とチベットのあいだで達成された革新的な転換となった。台湾はもはやチベットに対する版図の帝国主義的継承を求めていない。このような台湾の政策の変化に加え、ダライ・ラマ法王が台湾を訪問したことにより、今日、我々は友人となっている。

それでも疑義を呈したい。チベット人がダライ・ラマ法王の提唱する中道アプローチを支持するのは、ただ単に政教両面の指導者をとてつもなく信頼しているためだけではないのか？　それが中国に対する信頼に基づいていないのは明白だ。こうした中国政府への不信はいつまでも消えないだろう。

ただし、中国は変化している。その変化はあらゆるコントロールや想像を超えている。巨大な宗教の復興が起きている。キリスト教や仏教の文化が流行している。多くの中国人がチベットに赴き、僧侶に心の導きを求めている。

台湾と香港の民主化の趨勢が中国を開放路線に導き、民意に基づかずに国を統治している腐敗した共産政権からの解放が起きるだろう。

ぼくは信じる。中国の変化によりチベット問題に新しい兆しがきっと現れてくることを。我々は香港、台湾、アメリカ、ヨーロッパ、オーストラリア、カナダ在住の中国人民主運動家と呼応して中国の真の姿をよく観察しなければならない。チベットの若者は特別にそうする責任を負っている。

明日、中国に日食が現れるとき、我々は中国兵にだけ視線を釘付けにしてバスに乗り遅れてはならない。

中国に自由を！

チベットに自由を！

＊1　カムの人々を中心に一九五四年から東チベットで中国への反乱が始まり、チベット蜂起のきっかけとなった。カムの男は熱血漢、男の中の男と見なされている。
＊2　ダライ・ラマ一四世は観劇にかこつけて中国の軍営に呼び出された。そのまま中国に拉致されるとの情報が駆け巡り、人々は自然発生的にダライ・ラマ法王のいるノルブリンカ宮殿の周囲に集まり、軍営から来る全ての

車両の進入を阻止した。双方のにらみ合いが続く中で緊張が高まり、ダライ・ラマ法王は衝突を避けるため亡命を決意した。

＊3　「ギャリク」とも表記。「ギャの人」を意味する「ギャミ」に対して「ギャの民族」を指す。前者が眼前にいる具体的な人で、後者は民族全体に関わる呼称。文脈により中国の漢族や、中国・台湾・香港・シンガポールなど各地にいる漢族の総称たる華人を意味する。

＊4　蒙蔵委員会。南京国民政府が一九二八年に設置。モンゴル・チベットに関する問題を所轄。二〇一七年、「中華民国」の「台湾化」の流れにおいて廃止。

## ぼくらのインドにおける実体験

昨年の今ごろ、テレビの報道番組でダライ・ラマ法王の「チベットは中国の一部であることを認めるつもりだ」という発言を引用した。多くのインド人が驚愕した。プネー[*1]にいるぼくの友人の家主もその一人だった。その時ちょうど、ぼくはプネーで写真展の準備をしていて、友人の下宿に泊まらせてもらうつもりだった。ところが、このニュースを耳にした家主はぼくを部屋に入れてくれなかった。しかも、ぼくを「中国人」と呼んだ。ぼくは深く傷ついたが、弁解のしようがなかった。

家主はチベットやチベットの闘いを詳しく知っていた。友人は抗議したが、家主は頑として応じなかった。ダライ・ラマ法王がチベットは中国の一部だと認めるなら、何故、インドにいるのか？　全てのチベット人はすぐに中国に送還されるべきだ。こう言うのだった。

数十年前、インドの国会議員が中国によるチベット占領の結果はインドにとって危険だと認識し始め、ネルー首相に対中穏健路線を問いただした。するとネルーはラダックのアクサイチン[*2]は草も生えないところだと軽視する答弁をした。四千二百キロメートルに及ぶヒマラヤ山脈の裏側にある中国との国境問題に対するインドの考え方は、理想的な平和構築と全くのほったらかしの二通りである。これにより、インドもチベットも極めて苦しい状況に置かれ、またチベット占領によりもたらされている難題の打開策を見出せないでいる。

インドと中国が国境問題をめぐりお互いに苦しめあっている外交交渉を見ているとサディスティックな快感を覚える。双方とも厳粛に国境問題を解決しようとこの上なく真面目くさった振る舞いを見せているが、チベットの状況を解決しなければ最終的な解決などあり得ないことをよく承知している。とは言え、外交や広報活動ではドラゴンとタイガーはお互いに笑顔を――心地よくないけれど――作ろうと努力している。

ぼくは小学生のとき初めて抗議活動に参加した。場所はクル（ヒマーチャル・プラデーシュ州）だった。

ぼくらは「チベットに自由を！　インドに安全を！」と大声で叫んだが、慌ただしく人々が行きかう街頭でインド人はぼくらをただ哀れなパレードだと見物しているだけだった。ぼくらが何を訴えているのか、全く気にとめなかった。今日でもインドの民衆はあまり変わっていない。

一九五〇年、人民解放軍がチベットに侵入したニュースがインドに伝わったとき、インドの指導者は憤慨し、民衆はムンバイの街頭に出て抗議した。当時はまさに外国の不正義な侵略に抗議する精神が主流であった。だからこそインドは独立を獲得できた。抗議の声をあげた人たちは最初のチベット支援者だった。同時期、もう一つのチベット支援グループができた。愛国的なインド人が中国のチベット侵略・占領を自国への危険と認識したのだった。その多くは教育を受けており、チベットへの支援とともにインドの国益も見過ごしてはいない。それ以来、このような動勢が着実に成長してきている。

今日、インド亜大陸では一五〇以上のチベット支援組織がある。それらは主に草の根の教育を通してチベットに関する意識を向上させ、またロビー活動で議員たちにチベット問題を国家的および国際的なレベルで取りあげるように働きかけている。

ところが昨年、アタル・ビハーリー・バジパイ首相は中国を訪問したとき「チベット自治区は中華人民共和国の一部」と公に発言した。多くのチベット人や支援者は憤慨と失望を表明し、その一部は「チベットへの裏切り行為だ」と非難した。

ここでなぜこうなってしまったか深く考えてみると、ぼくらはインド人に自由のための闘いの活力は変わることなく旺盛だということを十分に理解してもらえていないのだ。ぼくらは努力の大半を欧米社会に自分たちの窮状を説明することに費やしている。ぼくらはインドで四十五年間も庇護され、抗議活動を続けてきたが、まだインド政府に自分たちが独立できると納得させていない。だからインド政府はぼくらに政治的な投資をしないと決めたのだ。

だが、これはインドがチベットを見捨てたということを意味するわけではない。インドは自国の利益のことを考えればそんなことをする余裕はないはずだ。国境のみならず、地政学的にも文化的にもインドにとって自由なチベットという方向性の方がいい。

「真の自治」などを求めて、中国から離脱するための努力を怠っていたら、インドはほとんど選択の余地がなくなる。ぼくら自身がチベットの独立を求めないとあちこちでアナウンスしていたら、インドは助けようがなくなる。そしてインドが何もしなかったら、当然、中国は永遠に隣人となり続ける。

インドは十三万人のチベット人＝外国人を避難させ、生活必需品を提供し、法的な地位のないチベット亡命政府を容認し、また一万人のチベット人を召集してインド軍に入隊させた。これらの事実は、インドがチベット独立を見捨てないことを明確に示している。

しかし、このことはインドがチベットを支持することを意味してはいない。インドはチベット問題を対中関係や国際会議などのレベルにまで引き上げてこなかったし、これからもそうだろう。また、インド民衆の心理では、チベットは聖山のカイラス山と聖湖のマーナサローワル湖にすぎない。[*3] つまり、インドではチベットが議題にあげられることはない。チベット問題をサポートしようという政治的な意思は存在しないのだ。

数カ月前から、ぼくらはチベット仏教の高僧・テンジン・デレク・リンポチェ師[*4]の死刑執行の中止をインド全土をまわって呼びかけた。チベット青年会議は四大都市でキャンペーンを展開した。しかし、一部で報道されただけで、主要なメディアは取りあげなかった。

カラフルで華やかなチベット文化はボリウッド映画に美しい背景を提供したが、チベットはニュースの大見出しにはならない。ダライ・ラマ法王でさえ大きく報道されることはないのだ。


亡命して、当初から今日までのあいだに、ぼくらは素寒貧の逃亡者から最も成功した難民に変わった。ぼくらには百以上の学校や五百以上の寺院・文化センターがある。地元のインド人の平均生活水準より少しましな生活を送っている。

亡命政府はインフラを整備し、今やぼくらはニュー・チベット建設の希望で溌溂としている。ぼくらは祖国に戻り、復興することを確信している。――この夢の実現はインドによって可能となる。

ここで、インドの現状をみると、それは巨大な人口を抱えて――ある人の評では「流動する混沌」である。つまり、インドは焦眉の急でもない限り、いかなる議題にも取り組めるエネルギーはないというわけである。各党派は権力闘争をトップの課題に据えていて、「席の順番」はいかなる国家の問題よりも重要だと考えている。ラジーブ・ラトナ・ガンディー首相の後、政治改革を推し進められる強力な政府は存在していない。

ぼくは数名のインド共産党員と偶然出会ったことがある。同じインドにいる者として、いくつか関心のある全国的な課題はシェアできたが、理想主義ということになると、彼らは中国と暗黙裡に絆を結んでいるようだ。

議論が深まると、ぼくはさらに驚いた。彼らのチベット中国問題に関する考え方はものすごい時代錯誤だ。彼らはチベットをめぐる紛争は今でもＣＩＡに支援されていると思っている。[*5] 彼らは西側の関与の中でＣＩＡがチベット武装抵抗組織を支援した事実を引いて、それはアメリカが中国共産党が強大になるのを阻止するための手段であると見なしていた。三十年前にニクソンが上海まで飛んできて、毛沢東と握手し、対中政策を変えたことさえ知らなかった。チベット武装組織はＣＩＡに見捨てられ、雪山で食料や武器弾薬を待ちわびながら生き抜いたが、自然に消滅していったという運命も、当然、知らなかった。

ぼくらの闘いは民族として失われた自由や尊厳を取り戻すためである。ぼくらは自らの文化や伝統を守れる安全な居場所たるチベットの再建を熱望している。インドはきっとこの達成を助けてくれる。そして、それを維持する段階になればパートナーとなってくれるだろう。

ぼくはチベットのために真心を込めて全力を尽くしてくれる何人かのインド人の友人と行動をともにする機会に恵まれた。ぼくは精神的な絆の発揮するパワーを実感している。これこそが、ぼくがこの土地から最終的にチベット独立宣言が生まれることを確信する源泉なのだ。

＊1　デカン高原のマハーラーシュトラ州プネー県の都市。

＊2　カシミール地方の中国、インド、パキスタンの国境が交差する地域。一九六二年の中印国境紛争の結果、中国が実効支配しているが、現在でもインドは領有権を主張している。

＊3　カイラス山（カン・リンポチェ）はチベット高原西部に位置する独立峰で、チベット仏教、ボン教、ヒンドゥー教、ジャイナ教などの聖地。マーナサローワル湖はカイラス山の近くにあり、ナムツォ、ヤムドクと合わせて三大聖湖とされる。

＊4　カム南部の活仏で、テンジン・デレクは法名。四川省甘孜（カンゼ）州雅江（ニャクチュカ）県、理塘（リタン）県において人々から「大ラマ」と呼ばれた。彼は農村や遊牧地区に深く入り、仏法を教え、また多くの慈

善活動を進め、孤児院を設立し、孤独な老人を助け、道路や橋を改修し、環境保護に取り組み、煙草、酒、賭博を戒め、不殺生を説き、とても敬愛された。しかし、二〇〇二年十二月、「国家分裂を煽動」し、「一連の爆破事件を実行した」という罪状で死刑判決（執行猶予二年）。これには多くの疑惑が出され、二年にわたり、国際社会、亡命チベット人社会、劉暁波や王力雄はじめ国内の知識人から、中国政府が法律を遵守し新たに公正な審理を行うことを求める声が高く上がり、二〇〇五年に終身刑に減刑。この事件だけでなく他に多くのチベット人も投獄され、二〇〇三年一月二十六日、ロプサン・トンドゥプは同じ罪状で死刑を執行された。

＊5　CIAは一九五一～五六年にチベット人武装組織への準軍事支援、情報収集、政治的謀略、プロパガンダを行ったが、六〇年代から段階的に縮小し、七二年のニクソン訪中で終了した。ダライ・ラマ一四世は自伝で、それはチベット独立のためではなく、共産党政権弱体化の世界戦略の一環であったと指摘した。

## ラマの民主主義*

一九七〇年代、ダラムサラのチベット亡命政府に電話が一台しかなかった時代、ある男がダライ・ラマ法王公邸に電話した。公邸はマクロード・ガンジの尾根を二キロほど登ったところにあった。

その男はダライ・ラマ法王の個人秘書のラマ・タラと話したいと電話口で言った。職員は「ラマ・タラは不在です。ご伝言はありますか」と尋ね、「お名前を頂戴できますか?」と声に向かって言った。すると、声は「テンジン・ギャツォです」と答えた。公邸の職員にテンジン・ギャツォという者はいなかったので、電話交換職員は「どちらのテンジン・ギャツォさんですか?」と尋ねた。次の瞬間、胸の鼓動が高まった。ダライ・ラマ法王ご本人と話をしていると気づいたのだ。職員はあわてて受話器を置いた。

チベット人は役人をめぐるジョークが大好きだ。職員はその後、電話の前にひざまづき三度も五体投地したなど、このネタに尾ひれがつけられるようになった。

中国の活動家や知識人と会って話をすると、たいていの史実について双方の話は食い違い、平行線をたどる。だがダライ・ラマ法王の起源だけは見事に一致する。

一五七八年、チンギス・カンの孫であるアルタン・カンがチベットの精神的指導者の化身(生まれ変わり)ラマであるソナム・ギャツォをモンゴルに招き、「智慧の大海」という意味の「タライ・ラマ」という称号を与えた。「タライ・ラマ」は、その後、英語化し「ダライ・ラマ」と訛った。

また、ソナム・ギャツォの先代と先々代は、死後「タライ・ラマ」一世、二世と呼ばれるようになった。ダライ・ラマ四世のヨンテン・ギャツォはモンゴル人だった。アルタン・カンの息子、グシ・カンは圧倒的軍事力をテコに、偉大なるダライ・ラマ五世ロブサン・ギャツォをチベット全土の支配者とした。それ以来「ダライ・ラマ」の称号を持つ者が聖俗いずれにおいてもチベット人の指導者となってきた。

だが、チベットの民衆と「ダライ・ラマ」の関係はこの四百年の歴史をさらに遡る。チベット人を導く尊師「ダライ・ラマ」は愛と慈悲を体現する観音菩薩の生まれ変わりで、正式に制度が発足する前からチベットの民を救うために何度もこの地に顕現した。ぼくらは小さいときから親や祖父母にそう教えられてきた。

仏教がインドから渡来した七世紀から九世紀にかけて、二百年の歳月を経てチベットの帝国建設が進んだ。当時、チベット人はどの民族より好戦的で勇猛な民族であり、中国から略奪し、モンゴルを侵略し、西はバシュトゥーン（現在のアフガニスタン）、南はインドまで版図《はんと》（領土のこと）を拡大した。七世紀、観音菩薩は雪の国チベットで初めて仏教を興隆させた第三十三代チベット王ソンツェン・ガンポの姿として顕現したといわれている。

チベット人は強力な常設軍を持ったことはなく、爆弾を作るため領土に眠る豊かな天然資源を掘削することも学ばなかった。それでも、誇らしく思うものが一つだけある。誇らしく思えるに十分な理由もある。それは、ダライ・ラマ法王の存在だ。法王はチベット人から「イシン・ノルブ」と呼ばれる。願いを叶える「チンターマニ（如意宝珠）」という意味だ。法王の側近は、ダライ・ラマ法王を「クンドゥン」と呼ぶ。その一方、法王ご自身は署名をするとき、シンプルに「ダライ・ラマ・テンジン・ギャツォ」と書くだけだ。

十四代の過去世にわたり、ダライ・ラマ法王は一人一人のチベットが最大の尊敬を捧げる人物であり、人生のあらゆる側面に関与する存在だった。中国の占領下、総人口の六分の一にあたる百万人のチベット人が飢餓と拷問により死んでいった。

だが、チベット人はダライ・ラマ法王の指導下で団結した。チベット仏教で最大の信徒数を擁するゲルク派の最高位であるダライ・ラマ法王は、その超宗派的な修行の実践と教えの伝授により、他宗派の信徒の心をもつかんでいった。

後世の歴史は一四世のことを、もっとも伝統に忠実にチベットの象徴となった「ダライ・ラマ」だったと記すだろう。彼はその人生の大半を亡命地で過ごし、自らを「インドの息子」と称しているにも関わらず。

今日、次の生まれ変わりに備える代わりに、ダライ・ラマ法王は、より現代的で持続可能なシステムに信念をもって取り組んでいる。民主主義というシステムだ。チベット人社会にアカウンタビリティのあるシステムと文化を作り出すこと。それが彼の長年のビジョンだ。したがって、ぼくらがダライ・ラマ法王の赤子とするならば、お導きをお願いする代わりに、法王が託している課題に進んで取り組まなければならない。

* Lama Democracy, Times of India, 13 March 2011.

## インドの警棒とインドのロティ[*1]——ぼくらのアクティビズムを評価する——

ぼくらは飛び出す態勢をとっていた。全員で四十八名——大半は若者で、年長者が数人——デリーの中国大使館を襲撃しようとしていた。

ぼくらは息を殺し、地面に伏せ、合図しあい、携帯電話でささやきあっていた。一、二、三、「フリー、チベット！」と叫びながら門に突進した。門には無警戒の警官が二人しかいなかった。彼らは驚いてぼくらに威嚇射撃した。混乱が起きたが、わずか数分で、四方八方から増援部隊が押し寄せ、インドの警棒で殴りつけた。二十分後、ぼくらは一網打尽にされて刑務所に放り込まれた。

あれは昨年（二〇〇三年）の一月の出来事で、ロプサン・トンドゥプに死刑が執行されたばかりのときだった（一六二〜一六三頁の註記を参照）。ぼくらは沈黙を拒否した。たとえ少人数でも敢行し、どのような結果も覚悟の上だった。

だが、計画は失敗した。中国大使館に対して明確に声高く抗議を示せなかったし、主要なメディアが特別報道することもなかった。

小文ではインドにおけるチベット人の政治的アクティビズムの特質、その有効性の認識と評価を試みる。我々は亡命者であるため、直接行動のほとんどはシンボリックで非暴力的である。その大半は中国が不当にもチベットを支配していることを世界的に喚起するためになされている。その他に地元の住民やインドを訪れた中国政府の高官に向けたものもある。

中国大使館への抗議活動の後、ぼくらはヤプリ（地名）警察署で落ち着きを取り戻した。当初の興奮、緊張や不安なども消え去った。警棒で殴られた頭、肩、尻などにズキズキと痛みを感じるようになった。若者たちはお互いにアザや青黒く変色した目のまわりを見せながら、高揚した口ぶりで体験を語りあった。辛いなんて弱音を吐く者は一人もいなかった。

ぼくの関わったこの十年の直接行動で、苦痛や後悔をグチる者は一人もなく、みな達成感を獲得した。時には警察の衝突で手を折られたり、頭を割られるなど重傷を負って家に戻ってくる者もいた。だが、ぼくらは時にはルールを打ち破らねばならないと信じている。たとえ手足を失い、命を落としても、ぼくらはチベットのために声をあげ続けなければならない。

タシプンツォーとパサンツェリンは典型的である。二〇〇一年、二人はインドを訪れた李鵬元首相*2への抗議活動で、警官の銃弾に当たり負傷した。

警察署に留置されると、おもしろくないことが続く。抗議者一人ひとりが警察に記録される。少年も自分の名前を言わなければならない（ここでは名前は伏せる）。そして、警察は公訴し、個人や団体は出廷しなければならなくなる。

抗議活動から数年後も、チベット青年会議（TYC）[*3]のメンバーには未解決の事件がいくつもある。その一つは、一九九七年、十一名の抗議者がインド南部のフンスル（Hunsur）難民キャンプからデリーまで徒歩で行進し、中国大使館に火炎瓶を投げつけた事件だ。別の一九九九年にチャンディーガル（インド北部の都市）分会のメンバー七名が中国大使館を襲撃しようとした容疑の事案はすでに解決した（サムペルとジャムヤンに確認）。

出廷は最も煩わしいことだ。自分で法廷まで出向かなければならないし、そこではただ次の開廷の日にちを知らされるだけで、他に何もないことさえある。

ぼくは二カ月間で三回も出廷を命じられたことがある。二〇〇二年一月、朱鎔基首相がムンバイを訪れたとき、ホテルの壁をよじ登り抗議したためだ。費用をかけて長距離の移動を何度もした上で、この上なくつまらなく、ばかばかしいことをやらねばならない。多くの友人は「自由を獲得するための法廷闘争」に興奮を覚える。ボリウッド・スタイルの法廷ドラマを空想するのだ。そこでは宮殿のような丸天井の下で弁護士が雄弁に自分の見解を陳述する。傍聴席では数百人が手に汗を握りながら耳を傾ける。

ところが、ぼくのケースでは、裁判官が昼食前に三十六もの訴訟の審理をこなさなければならなかった。ムンバイ治安刑事事件第四七番法廷は、百人あまりの傍聴人があふれる「教室」のようだった。裁判官は茶色の木製テーブルの前に座り、黒いコートを着た弁護士はおとなしい学生のように裁判官に向かって座った。二人の警官は「教室」の秩序を維持していた。

ぼくは名前を呼ばれ、被告席に立たされた。メガネをかけた六十歳くらいの裁判官は弁護士に何か話しかけ、そして女性の助手に小声で指示してから、「四月二十三日」と宣告した。これだけで、ぼくからの聴取は終わった。別の日にちが与えられた以外に何の結論もなかった。それがこのばかげた数分間の全てだった。こんなことがなければ、ぼくはダラムサラでマギーのインスタント・ヌードルを作っていたのだ。法廷闘争なんて、まるで歯医者に口を大きく開けているようなものだ。これから何が起きるのか全く分からず、ただ信頼するしかない。

裁判所に出頭することは退屈だが、抗議活動の重要な部分でもある。警察署や法廷においては、責任と尊厳をもって、くだらないもったいぶった手続きをすることが重要だ。法廷に対処することはとてもつまらないので、だからこそしっかりとした支援が背後でなされなければならない。そのためには、弁護士やメディアと慎重かつ根気よくおつきあいしなければならない。

刑務所では奇抜な体験ができる。ぼくは人格的な成長のために強く推薦する。

ぼくは異なる五つの監獄に入れられたことがあり、それぞれでユニークな体験をした。自由のために闘うことを崇高な理想とする者にとって、刑期の長短に関わらず、投獄は名誉である。そこでは強盗犯、殺人犯、詐欺犯でさえ、あなたを尊敬する。

あなたはインドのロティを食わせられ、また、もしかしたら一度も洗ったことのない毛布で寝なければならない。それは厚手で重く、汚くて妙な臭いがぷんぷんする。犯罪者から有名人までさまざまな人たちが使ったのだろう。

デリーの抗議者がよく通うのはティハール刑務所で、そこでもロティが出される。正直に言わせてもらえば、面会に来る友人が食べ物を持って来てくれるのは、実にうれしいことだ。

ぼくらの抗議活動の大半は中国のやり方に対する反応に過ぎず、自ら先んじて積極的に行動したものではない。デモ行進という抗議活動はすでに旧い戦略で、創造性に乏しい。スローガンは時代遅れだ。

それで人民を奮起させるのは難しくなっている。だが、この「ショー」は続けなければならない。ぼくらの問題を活かさなければならないからだ。それに、ぼくら亡命者が闘うことを忘れないためだ。チベット青年会議副議長のカルマイェシュは、次のように語る。

我々は活動の中に創造力と斬新性を注入し、力強く活性化させねばならない。特に現在、チベット青年会議、チベット婦人会議、学生会議において執行部の大半は若者である。

多くの青年は伝統的な抗議活動に興味を持たず、活動のモデルチェンジに期待している。未来の抗議活動はどのような形態をとるか予測できないが、若手リーダーが頭角を現しており、これに伴い活動は転換期に直面している。

ぼくは言いたいことややりたいことを思う存分書いてきた。ここで最後に根本的な問題を提出したい。

ぼくらの闘いの最終目標は一体何だろうか?

中道 vs 独立をめぐる論争が、ぼくらの社会《コミュニティ》に困惑をもたらしている。

ぼくはひたすら祈るばかりだ。チベットへの愛がぼくらに叡智を与え、最終的な選択を決めさせるだろう。それにより未来に向かう行動をとることができるだろう。ここから真の民主主義の土壌がつくり出され、ぼくらの社会《コミュニティ》はそれに根ざして、末永く成長していくだろう。

＊1　パンの一種。酵母を入れずに練り鉄板で焼く。ダール（豆をスパイスなどと煮込んだスープ）とともに食べるのが一般的。

＊2　在任期間は一九八八～九八年。天安門事件当時は一貫して強硬策を主張。二〇〇一年では全人代常務委員長。周恩来が養父。

＊3　亡命チベット人を中心に結成された非政府組織。チベット独立を強く主張。インドなどに活動の拠点を置く。

## ぼくは生まれながらの亡命者——著者へのインタビュー——

アジット・バラル（Ajit Baral）デイリー・スター　二〇〇三年十月十三日

チベット詩人、作家、アクティビスト（活動家）のテンジン・ツゥンドゥは、チベットという名の国は「現実」には、少なくとも公式的外交の世界では存在していないというパラドクスの中に置かれている亡命チベット人の呻吟を代表する一人だ。一九四九年に人民解放軍が祖国を侵略し、野蛮な占領政策を推し進めてから、チベットは中華人民共和国の一部の「自治区」となった。

テンジンは「毎年、ぼくは身分証を更新しなければならない。そこには『チベット難民』と書かれている。だが、そもそもインド政府はチベットという国家を認めてない。おかしいだろう？」と語る。

家《ホーム》のない詩人はインドのマナリで生まれ、まずヒマーチャル・プラデーシュ州ダラムサラで教育を受け、それからマドラス、ラダック、ムンバイで学業を続けた。チベットの詩人でアクティビストでもあるテンジン・ツゥンドゥは帰属するところがどこにもないと感じている。彼は当然ながら、いつも内面に「亡命＝国を失っている」感覚を抱えている。この「亡命」の感覚があるからこそ、彼をはじめとする難民は祖国《ホームランド》に骨を埋めることを夢見ているのである。

彼にとって故郷は永遠の夢に止まっているにもかかわらず、「自由なチベット」を夢見ずにはいられない。それは彼の詩の源泉となり、「自由なチベット」を求める活動（アクティビティ）の源となっている。一九九九年、テンジンは処女詩集『国境を越えて（Crossing the Borders）』を出版し、エッセイ集『ぼくのような亡命（My Kind of Exile）』は二〇〇一年の第一回全インド・アウトルック・ピカドール・エッセイ・コンテスト大賞を受賞した。現在、彼はインド・チベット友の会の事務局長を務めている。

　このような活動《アクティビティ》、創作、また不安について、私たちは語りあった。以下はその抄録である。

**アジット**　あなたはダラムサラで育ったことでアクティビストになりました。そこでの生活はどのようなものでしたか？

**テンジン**　ダラムサラはインド北部、ヒマラヤ山脈ダウラダール山系の丘陵地帯にある小さな町です。そこはダライ・ラマ法王の公邸を囲んでチベット人が住み、チベット亡命政府があります。まさに、ぼくが作家・アクティビストになったのは、生まれながらにしてチベット難民という状況に置かれたからです。

**アジット**　かつてあなたは「アクティビズム（直接的な政治行動）が作家としての自分を変えた」と語りましたが、それは一体どういうことなのですか？　私たちの知るところでは、通常、作家がアクティビストに変身します。例えばアルンダティ・ロイ[*1]のように。アクティビストから作家へと変身した人は見たことがありません。

**テンジン**　子供のとき、ぼくらが最初に学んだのは、自分がこの土地の者ではなく、この土地のいかなるものも自分たちには帰属していないということでした。これはほんとうに悲しいことでした。ぼくの両親は、チベット全土が中国に占領されたため一九六〇年にインドに亡命しました。ぼくは繰り返し教えられました。――いつかきっと故郷に帰る。亡命生活はほんの一時のことだ、と。

一九八〇～九〇年代の学校生活では、一日でも早く大きくなって自由のための闘いに参加したいと切に願っていました。今日、ぼくは一アクティビストであり、書くことは表現としてのアクティビティです。

子供時代、中国とチベットの戦争ごっこでたくさんの中国兵を殺すという遊びをしました。また、ぼくはよく難民キャンプで一軒一軒訪問して村の会議に出るように呼びかけたものでした。その頃からすでにぼくはアクティビストだったのです。ぼくは生まれながらの難民です。言わば高貴な目標に向かって闘うために生まれてきたのです。

**アジット**　あなたはチベット人には国家の観念がないことを訴えてきましたが、どうして国家の観念がないのですか？

**テンジン**　チベットは中国に侵略される前は平和な国でした。人々は精神的修養に重きを置いて生活し、遊牧民や農民は首都ラサの政治から遠く離れたところで暮らしていました。たまにやって来る徴税の役人を見るくらいで、中央と周辺の間にはそれ以外の関係はありませんでした。

ところが突然、チベット人は外国の侵入という大惨事に見舞われて驚愕しました。隣人、友人と思っていた中国が侵攻してきたことを、どうしても理解できませんでした。

今日、侵攻から四十五年の歳月が過ぎ、亡命チベット人は民主的で参加型の社会における生き方を身につけています。それでもまだ、国家をどのように構築すればよいかということを、個々人が自分の生活のなかで考えるようにはなっていません。

そもそも国家という概念自体、世界的にみれば新しいものです。インド、バングラデシュ、ミャンマーなど、みな新しい国家で、しばらく前はチベットと同じように一地域として存在していたにすぎません。

**アジット**　世界を旅する逍遥作家のピコ・アイヤー[*2]は、年齢を重ねるにつれ心の奥底に秘められていた「インド性」がますます強くなってきたと言いました。あなたの「チベット性」もそうですか？

**テンジン**　ぼくの人生はまるで断崖絶壁から突き落とされたようなものです。何とか一本の木の根っこにしがみついてますが、上に上がることもできず、また手を離して下に落ちていくこともできない。これが毎日懸命にもがいているぼくの現実です。

亡命チベット人には祖国がありません。チベットでは「分裂主義者」というレッテルを貼られています。ダライ・ラマ法王とカルマパ[*3]以外の難民は誰も亡命者と認められないのです。法律上、ぼくらは難民とさえ認められません。亡命先で生まれたチベットの若者はチベットを熱烈に思っていますが、自分の目でチベットを見たことは一度もありません。宙ぶらりんの状態で生きているのです。

ピコ・アイヤーが自分のルーツに関して感じたことはよく理解できます。だれもが現実を知れば知るほど、それを意識するようになります。不安を感じます。どこかに帰属したい。得られるのはチベットの老人が提供してくれるごくわずかな文化的ルーツの情報だけですから。

**アジット**　朱鎔基首相がムンバイに来たとき、あなたはたった一人でオベロイ・ホテルの一四階の足場から「フリー・チベット」の垂れ幕を掲げ、公然と抗議しました。このような個人の抗議活動の意義はどこにあるのですか？

**テンジン**　ぼくの抗議活動の目的は世界の人々の関心をチベットの状況に向けさせることです。また、ぼくが足場に登ると同時に意志堅固なチベット人六百名が座り込みのハンストや街頭行進をして中国が占領を続けていることに抗議しました。ぼくらはみな為すべき役目を果たしたのです。

もちろん、ぼくは自分の役割について他の人と相談などしていませんし、この抗議活動が成功するかどうかもわかりませんでした。

一九八九年、天安門広場で戦車の前に立った男は中国共産党政府の圧政と腐敗に対する勇敢な反抗のシンボルとなりました。彼は決して独りではありませんでした。彼は中国の民主運動全体の一部でした。

**アジット**　あなたが十万人余りのブータン難民がネパールで辛い状況に置かれていることをご存じかどうか知りませんが、やはりここで取りあげざるを得ません。そこで、インドはどのような役割を演じたでしょうか？　難民がネパールまで通過できる道をインドで作ってやりました。ところが現在、難民問題を解決する段になって、それはブータン・ネパール両国間の問題だからとインドは言葉を濁しています。

あなたは、インドが中国に強硬な態度をとることで「フリー・チベット」の運動を支援してもらおうと考えているようですが、それは期待過剰ではないですか？

**テンジン**　ぼく個人としては、いかなる国も他国の政治に介入すべきでなく、口出しできるのは自国の利害に関わるときと、交渉によりメリットが引き出せる場合だけだと考えています。数千年来、インドとチベットの間では文化的にも政治的にも深い関係が保たれてきました。でも今日、インドはチベットが中国の一部であると公式に認めています。ですが、これはインド政府の立場であり、一般大衆はそれに同調していません。彼らはぼくらと共にいます。

ぼくは独りのアクティビストとして「フリー・チベット」運動のためにしばしば広大なインドを旅します。インドの民衆はぼくらの歴史の証人です。ぼくらは智恵に富み、真理の側に立つインドの民衆に向けて訴えます。彼らはかつてマハトマ・ガンディーを信じ、肩を組んで村や町で自由のために闘いました。

さらに、チベットはインドの安全と防衛にとってとても重要です。ですからチベットをめぐる問題はインド自身の問題でもあるのです。チベットのためだけでなく、インドの利益のためにも取り組まねばなりません。

**アジット**　経済的利益が重なり合うグローバル化した世界では、第三国がチベットの自由のために中国に外交的圧力を加えることは不可能です。例えば、中国で巨大な経済的利益をあげているアメリカはチベットの自由のために中国を不機嫌にすることなどまずありえないでしょう。それでもチベットが自由を獲得できると思いますか？

**テンジン**　ぼくらは五十年もの間自由のために闘ってきました。その歴史はまさに「希望」に満ちた悲しい物語です。いつも誰かがぼくらを助けてくれる、誰かがぼくらの大義のために闘ってくれるという「希望」を抱いてきました。さらに悲しいことに、ぼくらは歴史の教訓から何も学んでいないようです。仏教と彩り豊かなチベット文化は西側世界で人気を博していますが、真の課題である「フリー・チベット」はまともに取りあげられていません。

ぼくら自身が独立した思考と堅忍な意志に頼る他ないのです。そうしなければチベットの自由はただの夢に終わってしまいます。アメリカなど多くの国々にとってチベット問題は一つのでも、時々、丘を歩きながら、バスの中で、人と話しているときなど、数行の詩句が浮かび、書きとめています。それをまとめて出版するかもしれません。

**アジット**　あなたは作家になったのはムンバイの詩友のサークルに影響されたからと言いましたが、他の理由もありますか？

**テンジン**　学校時代、カリール・ジブラン[*4]の反逆精神はぼくの詩心に嵐を巻き起こしました。でも高校や専門学校では一行の「詩」も書けませんでした。書くようになったのはムンバイの大学に入ってからです。ぼくのクラスメートや友人が誉めて、勇気づけてくれたのです。

ニッシム・エゼキエルはぼくの短い詩を評してくれました。アディル・ジュサワラやドム・モラエスは大いに励ましてくれました。「詩のサークル」や「おしゃべりの場（Loquations）」でぼくは成長しました。ロバート・フロスト、

駒にすぎません。対中関係が困難に陥ったときにだけ、「ほら、チェックメイトになるぞ」と中国を追い詰めるために使うのです。そう、ぼくらはまだまだ長い道のりを歩まねばならない。チベット問題の解決は中国自体の変革と関連しています。亡命している中国民主運動のアクティビストは自由な中国を求めています。ぼくは彼らを支援しています。我々は共闘しています。チベット支配は植民地主義によるもので、それは南（内）モンゴルや東トルキスタン（ウイグル）でも同様です。自由な中国は自由なチベットをもたらすでしょう。

**アジット**　今、新しい本を書いていますか？

**テンジン**　ぼくはダラムサラの丘を上から下まで走り回っています。インド全土に散らばるたくさんのチベット難民キャンプに入り込み、同胞に自由のために闘おうと啓発し、励ましているのです。ですから本を書く時間がありません。

アルン・コルハカール（Arun Kolhatkar、インドの詩人、作家、マラーティ語と英語で著述）、アルベール・カミュ、パブロ・ネルーダ、アルンダティ・ロイ、タスリマ・ナスリン（Taslima Nasreen、バングラデシュの作家、一九九四年、スウェーデンに亡命）などを読みました。

**アジット**　あなたの文体は非常にシンプルで、子どもの文章のようです。このシンプルさは自然に流れ出てくるのですか？　それとも、意識的に工夫した結果ですか？

**テンジン**　ぼくは、このような言葉づかい以外はわかりません。普段、手紙を書くときも使っています。だから、恋愛詩なんて絶望的に下手です。

**アジット**　もし、あなたの中のアクティビストの部分が作家の部分より強くなって、創作に影響を及ぼすようになると、どうなりますか？

**テンジン**　ぼくは書くときは詩人で、詩を発表するときはアクティビストです。今のところ、アクティビストである方が自由のための闘いに役立っていると思います。それはまた創作にも有益です。詩はしばしば普段のアクティビティから生まれます。ホテルのファサード（建物の装飾を施した正面）をよじ登ることが「フリー・チベット」という表現になるように。

五年前、ぼくは許可なしに、独りでヒマラヤ山脈を越え、ラダック北部の平原を歩き、チベットに入りました。中国人に捕まえられ、殴られ、投獄され、そして追い出されました。

ぼくは書き続けなければならない。何故なら、ぼくの両手は小さくて、ぼくの声はかすれてしまうから。書くことは、ぼくにとって贅沢ではなく、必要なのです。

作家とアクティビストが、ぼくの中では手に手を取りあって共存しているのです。

＊1　処女作『小さきものたちの神』で一九九七年にブッカー賞を受賞し、一躍世界から注目を集めた。その後、環境保護、反核平和、反グローバリズム、反ヒンドゥー・ナショナリズムなどで発言を続けている。

＊2　イングランドで生まれ育ったが、大学卒業後すぐにイングランドを離れた。インドで人生の一日も過ごしたことはなく、インドに存在する二万二千以上の方言はどれも一語も話せない（二〇一五年五月現在）。

＊3　チベット仏教カギュ派の最高位の一七代目。

＊4　レバノン出身で米国に移住した詩人、画家、彫刻家。キリスト教マロン派（マロン典礼カトリック教会）信徒で、「二十世紀のウィリアム・ブレイク」と称され、多方面に影響を及ぼした。

詩の朗読会

# 編訳者覚書

劉燕子

## 一　はじめに

二〇一五年三月、筆者は大阪を発ち、途中でニューヨーク、シドニー、台北、重慶などから来た友人・知人と合流し、インド北部のダラムサラを訪れました。

そこは標高二千メートルの山岳地帯の町で、英領インド時代は避暑地でした。ダラムサラのホテルから険しく美しい雪山が見えます。里山の風景はのどかで、懐かしい故郷の湖南省の田舎にも似ています。広がる緑の中に白い花が咲き、春の兆しを感じさせますが、三月はまだ乾燥した寒風が吹きすさび、骨の芯まで突き刺すようでした。

現在、ダラムサラはチベット亡命政府の所在地となっています。マクロード・ガンジやカンチェン・キションは上ダラムサラと呼ばれ、ダライ・ラマ一四世の公邸、政府庁舎、チベット文献図書館などがあります。

一九五九年三月、ダライ・ラマ一四世と八万人の民は祖国を追われここに亡命してきました。二〇一六年までに年間千〜三千人のチベット人が本土からダラムサラを目指し世界最大の山岳地帯ヒマラヤを密かに越え命懸けで亡命してきました。そのほとんどは徒歩で、凍傷で手足を失ったり、さらに命を落とす危険もあり、これに加えて国境で捕らえられれば投獄されるか銃殺されます。二〇〇六年九月三十日に起きたナンパラ銃撃事件（中国人民武装警察部隊が無防備のチベット人難民を殺傷）はたまたま登山隊がビデオに記録し、報道されましたが、氷山の一角です。習近平政権下では取締りがますます強化され、亡命は一層困難になっています。それでも、チベット人は文字通り命を懸けて国境警備隊をかわし、亡命します。その数は世界全体で十数万人以上にのぼっています。

## 二 邂逅

ダラムサラに到着した翌日、ひとりで山道を歩きました。道ばたには幻の花と呼ばれるブルー・ポピーが咲いていました。でこぼこ道で左右に揺れながら走る自動車にハラハラさせられていると、赤い鉢巻きを締めた男性が現れました。ヒマラヤの氷雪で彫刻されたようなその顔つきに見覚えがありました。「あれ！　もしかして、テンジンさん？」こう声をかけると、「はい、そうですけど」と、果たして当人でした。赤い鉢巻きは独立が達成されるまで決してはずさないそうです。彼は非暴力でチベットに自由を求める「フリー・チベット」のシンボル的な存在として名を馳せています。

# 三　発端

初めて「テンジン・ツゥンドゥ」の名前を知ったのは、一九八九年の「六・四」天安門事件で亡命した学者・傅正明氏からでした。傅氏は、二〇〇五年夏、ストックホルムでチベット亡命詩人の二人の「テンジン」を紹介し、作品を朗読してくださいました。その一人がテンジン・ツゥンドゥで、「ぼくのチベット人としての本懐」は本書に収められています。もう一人がテンジン・ワンジンで、彼の手書きの遺稿をここで紹介します。*1

雪山よ
もし君が人間のように立ち上がらなかったなら
たとえ世界の最高峰だったとしても
その醜さをただ無惨にさらすだけだ
最高峰として寝そべっているよりも
むしろ最底辺でスックと立つべきだ
兵士よ
もしどうしてもぼくを撃たなければならないのなら
ぼくの頭を撃ってくれ
ぼくの心臓は撃たないでくれ

ぼくの心には愛する人がいるのだから

彼はチベット医学専門学校を卒業し、ダラムサラに亡命しますが、やはり祖国、そして父、母、妹との再会を夢みてチベットに帰郷し、消息不明となりました。発狂して死に至ったと伝えられています。遺された作品には「流れ星」もあります。

君は茫々たる星々の大海原を駆け抜ける一つの燦めく星
蒼穹は君の故郷
朝焼けや夕焼けに彩られる雲は君の揺籃
君は雷鳴も稲妻も恐れない
酷寒にも酷暑にも屈しない
「五味」[*2]の人生を尊び、一途に追い求める
ぼくには分かる
ただ人類の尊厳ある魂としてあることを

彼は、流れ星の如く天の河に消え去ったかのようです。でも「その声は魂の奥にとどき、有情の者はみな首を挙げ明日を見るように、ますます美しく力強く気高く発展していく。しかして汚濁の平和は破れる。平和の破れることは人道が向上することである」[*3]と思わされます。テンジ

ン・ワンジンは「チベットの摩羅詩人」と呼ばれています。*4
これはテンジン・ツゥンドゥの詩想にも通じます。

## 四　詩想と行動

まず詩想の背景について述べます。人類史を遡ると、ギリシャ神話をモチーフにしたホメロスの叙事詩「オデュッセイア」の主人公オデュッセウスは長い苦難と冒険の旅路を経て十年後に故郷に帰ることができました。またエジプトで虐げられていたユダヤの民は、モーセに率いられてエジプトから脱出し、荒れ野で四十年も苦闘しました。モーセは約束の地カナンを目前にして世を去り、後継のヨシュアが一つの民族にまとめあげてヨルダン川を渡り帰郷できました。

これらは古代ですが、現代において、六十年前、二十四歳の若きダライ・ラマ一四世は八万の忠実な民とともに命からがら故郷を逃れました。それは未曾有の大規模集団亡命でした。確かに世界史上、政治、宗教、戦争などさまざまな理由で「離郷」、「追放」、「流刑」、「亡命」、「強制的移住」が起きています。その中でもチベット人の亡命は、規模でも時間的長さでも極限に達するものと言えます。

しかも、たどり着いたインドでは困窮状態に追いこまれ、天からマナが降るという奇跡も起こらず、無一文のチベット人は中印国境地帯で道路建設作業に携わることになりました。過酷な労働条件に加えて、栄養や医療も乏しく、高温多湿な環境に慣れないチベット人はばたばたと倒れていきました。

テンジン・ツゥンドゥはインドで生まれた亡命チベット人二世です。両親は道路建設に疲れ果て、誕生日さえはっきりおぼえていませんでした。二人の兄は亡くなり、本人と妹は両親の辛い肉体労働の日銭によって生き残ることができました。彼のプロフィールは、アジット・バラルのインタビュー「ぼくは生まれながらの亡命者」に詳しく書かれています。

インドはじめ世界各地のチベット人亡命社会では祖国を見たことのない二世、三世が増えています。これによりチベット人としてのアイデンティティが失われるのではなく、むしろ強まっています。ある知人がインド在住の亡命チベット人の元を訪れるとき、「おみやげに何がいい？電気ポットはどうかい？」と聞きました。すると「いらないよ。ふる里の土を一握り持ってきてくれないか」と答えたといいます。まことに祖国とはリアルな「祖先たちの地」なのです。

テンジンもそうです。彼は、一九九七年、大学を卒業すると、まだ見ぬ母国を一目見ようと、たった独りでインド西北部のラダックからチベットに潜り込みました。食料も十分に持たず、ジャケットとジーンズを二つ三つ重ね着しただけで、果てしなく広がるチベット高原を歩き続けました。

五日目にようやく同胞のチベット人の羊飼いに逢えましたが、その直後に逮捕されました。何とも皮肉なことでした。

一九八九年三月、チベット全土の抗議行動の後、中国当局は取締りを強化し、地元住民に対して何かあれば直ちに通報せよと通告していました。第一通報者には上限なし、第二通報者には数千元の報奨金を与えるなど呼びかけています。それは徹底され、ツェリン・オーセルが詩をもって剔抉《てっけつ》した状況が現出しています。*5

裏切りと密告が、のぞき見とひそひそ話のなかでこっそりと進行しています。すればするほど、ご褒美もたくさんもらえて、大物になれます。

……

「チベット人の恐怖は手でさわれるほどだ」と言います。
でも、私は、本当の恐怖はすでに空気中に溶けこんでいる、と言いたいのです。

テンジンはラサに連行され、三カ月勾留されました。獄中で他のチベット人政治犯と話すことは禁じられ、密かに筆談しようとしても、紙や鉛筆がありませんでした。でも、共産主義を象徴する「赤」色に塗られた木の机があり、それを利用できました。何かわからない薬を渡されたので、その黄色い包み紙を机に広げ、小さな釘で文字を書くと赤いペンキが紙に写し出されます。これがコミュニケーションの手段となりました。またテンジンは詩も書きました。
最終的に彼は不法入国の「外国人」と規定され、チベットから追い出されました。水も食料もなく歩き、ようやくインド軍に助けられました。

また、一九九九年、テンジンは処女詩集『国境を越えて』をインド国内で出版しました。二〇〇一年の評論集『ぼくのような亡命』は第一回全インド・アウトルック・ピカドール・エッセイ・コンテストで大賞を受賞しました。

このようにテンジンは亡命先のインドにおいて詩と直接行動によりチベットの自由を詠い、闘い続けています。

私は彼と、ネパール人に借りたあばら屋で詩や詩想について語りあいました。彼は「ダラムサラに雨が降る時」を英語とチベット語で朗読してくれました。声にはある種の激情的で宿命的なエネルギーが静かにあふれていました。

私は「自分を売ったチベット同胞が憎いですか」と聞きました。彼は「いいや。ぼくらは同胞だ。手と手のひだが血でつながっている」と答えました。サングラスに隠れた瞳には痛ましい優しさと粘り強さがないまぜになって輝いていました。

そもそも詩人とは、ある意味では「永遠の亡命者」と言えるでしょう。時代の本流に抗して、死に絶えようとしている伝統や文化を保持しようとし、次から次へと転変する時代に翻弄される微弱な個人を見つめ、すくいあげようとします。自身も傷つき、絶望の淵まで追い詰められても、なお詠もうとします。自分自身を育てた伝統文化を背負いながら、それと対峙し、さらに己の血となり肉となった伝統文化を切り刻むように吟味し、より高い次元で蘇生させようと試みます。それは伝統との闘いであり、また己との闘いでもあります。テンジンの詩想と行動から、このように思わせられました。

## 五　一九八九年三月のチベット抗議運動と六・四天安門事件

テンジンは「ギャミ（漢人、中国人）」のイメージの変化について述べています。特に中国における民主派がチベットなど少数民族の運命に理解を深めたことが重要な契機になっています。この点は、ダライ・ラマ一四世が示した愛と慈悲による「普遍的責任感」が大きな影響を及ぼしました。

ダライ・ラマ一四世は以下のように天安門民主運動の推移と武力鎮圧について注目していました。[*6]

（三月の）ラサの抗議運動からわずか数週間後、中国で反乱が生じた。信じがたい思いとおそれの入り混じった気持ちで事の成り行きを見守り、運動参加者たちがハンガーストライキを始めたとき、とくにその懸念を募らせた。学生たちは明らかに非常に明るく誠実で、無邪気で、生気に溢れていた。対する政府は、まったく頑迷で無慈悲かつ冷淡であった。と同時に、自らの観念に懸命に断固としてしがみついている、老いさらばえ愚昧な老人の寄り集まりである中国指導者に一種の感嘆の念のようなものを感じざるをえなかった。彼らの制度が崩壊しつつあり、共産主義が世界中で失敗しつつある明瞭な事実にもかかわらず、また彼らの眼前で何百万という抗議が行われているにもかかわらず、彼らは自分の信条にこだわりつづけている。

デモを粉砕するため最後に軍隊が投入されたときわたしは慄然とした。しかし政治的に見れば、それは、民主化運動の一時的挫折にすぎず、暴力に訴えることによって、権力者は、一般市民の間に学生に対する好意的態度を強める手助けをしたにすぎない。それによって彼らは中国における共産主義の寿命を半分に縮めてしまったようなものである。さらに彼らのやり方がどんなものであるかという真相を世界に曝《さら》け出してしまった。中国の人権侵害に対するチベットの正しさを疑う余地はもはや存在しない。

そして事件直後に、自国民を虐殺した蛮行を非難する声明を公式に出しました。後になり、中国民主派はやっと同じく祖国から逃れ「流浪の民《ディアスポラ》」という運命に置かれたダライ・ラマ一四世の発言に気づきました。沈彤《チントン》は「天安門事件に際して示したダライ・ラマの寛容さと正直さに感動し」、自らを恥じ、そしてチベットの人権状況を調べ「チベット人の自由と独立をめざす運動にたいして中国政府は一貫して弾圧をもって臨んでおり、その残酷さたるや天安門事件の比ではないことを知るように」なりました。[*7] また、天安門事件で銃弾により一七歳の愛息を失った蒋培坤と丁子霖は、次のように述べています。[*8]

われわれ中国人の頭脳は共産党の改造によって麻痺し、ここまで無感覚の境地に至ったのである。この麻痺と無感覚は時に信じることができないような事態を起こさせる。一九八九年の春に北京で学生による空前の規模の民主化デモが発生し、天安門広場は沸騰し喧噪をきわめた。しかし、そこに集まっていた中国の学生がチベット人民に向けて声援を行うことはついになかった。そのわずか二カ月前に中国共産党当局がラサにおいてチベット人民に虐殺行為を行ったばかりだというのにである。運動に参加していた人々が知らなかったはずはない。……この世の出来事はしばしば皮肉である。去年（一九九四年）の「六・四」記念の日に、私たちは外電で偶然あるニュースを耳にした。チベットの精神的指導者であるダライ・ラマが、「六・四」五周年の前夜に、中国人民の自由と民主と人権を勝ち取るために生命を捧げた人々へ敬意を表するという声明を発表したという。われわれは感動した。しかし同時に苦さと辛さと恥ずかしさと、そしてやましさが心の中に湧いてきた。……私たちは自分が良識のまだ残っている人間であると自負していたのに、チベット人民の人間としての権利を手に入れる闘いを声援し、支持を表明する責任があることを認識さえしていなかった。それどころか、私たちはチベット人がずっと受けつづけてきた苦痛に無関心ですらあったのだ。そこへ、中国人の苦難の記念日にチベットの精神的指導者がわれらの正義を支持する声を、われわれは聞くことになったのだ。……私たちがこの出来事で思い知らされたのは、中国人は今までのように麻痺無感覚ではいられないということである。中国人は偏見を棄ててチベットの歴史を理解し、理性と意識に垂れ込めた迷霧を打ち払って、チベット問題を認識し直さなくてはならないのだ。そしてわれわれのチベット人に対する不平等な態度を根本から改めなければならない。

そして、劉暁波は「漢人に自由がなければ、チベット人に自治はない。逆にしても同じである。チベット人に自治がなければ、漢人に自由はない」と提起しました。[*9] この思想は「〇八憲章」にも込められています。

また、二〇〇八年三月、チベット全土で大規模な抗議行動が勃発し、中国政府が武力鎮圧した直後、劉暁波、王力雄たち三十数名は「中国知識人有志のチベット情勢処理に関する十二の意見」を発表し、「平和と非暴力の原則に基づいて民族の争いを解決し、中国政府は暴力的な鎮圧を即停止すべきである」、「チベット族のデモによる被害のみを強調する報道は民族的な怨みを煽り、状況を緊張させるだけである」と提起し、民族政策の転換を求めました。

劉暁波は「チベット危機は唯物主義独裁の失敗である」という論考でも「ダライ・ラマ法王のご帰還」はチベット人の最大の念願であり、それをさせないことがチベット人抗議行動の主たる原因であると指摘しています。また「オーセルの信仰と中国共産党の無神論」では「粗野な唯物無神論の下で中国共産党は道義も合法性も喪失した。……だからこそ世界の人々に自分たちがチベットに多大な経済的恩恵を施していると誇示し、チベットの世俗化を加速させ、民族の信仰を変え、敬虔な信仰を失わせようとしている。そのためダライ・ラマ一四世を長年故郷に入れさせないのだ」と批判しています。

## 六　焼身抗議者の墓標——表紙について——

翻訳に取り組む中でまたもチベット人の抗議焼身のニュースが入ってきました。アムドのンガバで、二〇一八年十二月八日に二十代のドゥッコが、翌日には十六歳の少年二名が抗議焼身しました。二〇〇九年二月二七日、同地域で二十代のチベット僧が抗議焼身して以来、内外で抗議焼身の数は一六五人にのぼっています（大半は死去）。

北京在住の画家、劉毅は抗議焼身者の肖像を描き続けています。彼の人生の転換点はやはり六・四天安門事件でした。これにより、自分が学んできた現代史は共産党が浄化した虚構だと気づき、「一九八九」シリーズを描き、これは彼の代表作となりました。その中に、犠牲者三六〇人の若者たちの肖像が武力鎮圧を決定した最高権力者・鄧小平を取り囲んでいる作品があります。

その後も、劉毅はチベット焼身抗議者の肖像を一人ひとり描いてきました。それは「焼身自殺はヒツジの皮を被ったダライ一味の悪意に満ちた煽動による」、「正体不明の一握りの偽の仏教徒の自殺」などと報道する官製メディアに対する異議申し立てです。劉毅は海外のニュースサイトに掲載された小さいぼやけた犠牲者の顔写真を拡大し、黒と白の力強いタッチで焼身抗議者を表現します。

それは絵画によって一人ひとりの墓標を建てる営為です。しかし、このような絵画は売れず、むしろ彼は国内安全保衛隊（国保）からたびたび嫌がらせを受けている。「死んだやつと一体どういう関係があるんだ？」、「どういうルートで情報を提供してもらったんだ？」、「誰から頼まれたんだ？」、「組織からか？」、「いくら報酬をもらったんだ？」などと執拗に訊問されます。

しかし、劉毅は黙々と描き続けます。彼は、次のように述べます。

肖像を描くことは断腸の思いをさせられるプロセスです。悲憤や無念で胸がいっぱいになります。でも、危機が至るところに孕まされている時代、チベットの方々が身を挺して尊厳と自由を守っています。この勇敢な非暴力の闘いは、人間の善の輝きや力を示しています。

訴えるところのない苦悩に苛まれていますが、みな命を背負っているのです。そのような苦しみに、目をつぶることはできません。そして、一人ひとり表情から悲しみとともに慈しみも見えてきます。ぼくは善の輝きと力を信じます。

絵画はぼくの立場の表明でもあります。絵画を通して真実を伝えたい。


本書の表紙に作品を使わせていただきたいとお願いすると快諾してくれました。

序文はやはりチベット女流作家のツェリン・オーセル（茨仁唯色）に依頼しました。彼女の邦訳書にはチベット文革の記録写真をインタビューやフィールドワークで検証した『殺劫―チベットの文化大革命―』（藤野彰・劉燕子共訳、集広舎、二〇〇九年）、夫の民主化問題・民族問題研究者の王力雄と私の共著『チベットの秘密』（前出）があります。

オーセルは二〇〇四年にエッセイ集『西蔵筆記（チベット・ノート）』を出版しましたが、「重大な政治的錯誤がある」と規定され、発禁・公職追放の処分を下されました。その後も彼女は言論活動を続け、海外で文学賞や人権賞など受賞しても、「中国のイメージを損なう」との理由でパスポートは発給されず、いわゆる「中国境界内の亡命生活」を強いられてきました。それでも著述、ブログ、ツイッター、フェイスブック、ラジオでの解説などで「一人のメディア」として巨大な全体主義国家のプロパガンダ機関に対峙しています。このため当局の尾行、嫌がらせ、軟禁、家宅捜索など日常茶飯事になっています。

かつてオーセルは私に贈呈してくれた自著の扉に「我々は足もとに祖国を感じられずに生きている／我々の声はここからわずか十歩離れたところでも聞こえない」というマンデリシュタームの凄絶な詩句を書き写しました。彼はスターリンに抵抗して収容所に送られ死に至らしめられた詩人です。

習近平体制下で言論環境は一層厳しくなっており、私は序文の依頼をためらっていました。しかし、オーセルは「亡命は私たちチベット人の宿命よ」と快諾してくれたのです。

劉毅とオーセルに心から感謝します。

このようなメッセージを困難ななかにある亡命チベット人にぜひ伝えたいと願うばかりです。

## 七　翻訳にあたり

中国政府はチベット亡命政府との対話に条件を付けますが、ダライ・ラマ一四世は、中国政府がチベットに真の自治を与えるならチベットは独立しなくともよいと表明しています。これは苦渋の決断と言えます。

ところが、テンジンはチベット独立を表明し、行動しています。それはダライ・ラマ一四世やチベット亡命政府とは異なるように見えますが、彼の詩や詩文をよく読むと、チベットへの痛切な思いや祖国帰還を非暴力で目指すことの根底においては共通しています。

そもそも少数民族問題研究者で穏健派と見なされる王力雄でさえ、独立の問題を避けて通ることはできず、中国が真摯に対話に応じるのであれば条件を出すべきではない、と述べています。また、劉暁波は、もし「大一統」（民族、文化、領土などすべて統一し大にする中国の観念をさす）が強制と奴役《どえき》（奴隷のように酷使すること）を意味するならば、そのような「大一統」などない方がいいと指摘しました。漢民族の心性に深く根を下ろした統一至上の観念を超えています。だからこそ、先述した漢人の自由とチベット人の自治が密接不可分であると提起したのです。テンジンの詩想や行動は、これらを踏まえて考えるべきでしょう。

本書では、以下から詩や詩文を選び訳出しました。

Crossing the Border（国境を越えて）、一九九七年、ムンバイ

My Kinds of Exile（ぼくのような亡命）、二〇〇一年、ダラムサラ

Kora : Stories and Poem（コルラ—物語と詩—）、二〇〇二年、ダラムサラ

Semshook : Essays on the Tibetan Freedom Struggle（献身—チベットの自由のための闘い—）、二〇〇七年、ダラムサラ

Tsen-Gol : Stories and Poems of Resistance（亡命—抵抗の物語と詩—）、二〇一二年、ダラムサラ

これまで中国語の翻訳はいくつも手がけてきましたが、英語からの翻訳は初めてでした。しか

も、チベット語を母語にインドで生まれ育ったチベット人の英語を、中国語が母語で日中の狭間にはさまれている私が日本語に訳しました。まことにグローバルな時代の翻訳です。そのため逐語訳よりも詩想を重視して訳しました。

また、中国語版『達蘭薩拉下雨的時候』（曽建元等訳、台湾図博之友会出版、二〇一二年）、及び『西蔵流亡詩選』（傅正明、桑傑嘉編訳、傾向出版社、二〇〇六年）、傅正明著『詩従雪国来――西蔵流亡詩人的詩情――』（允晨文化出版社、二〇〇六年）を参照しました。

テンジンの言葉づかいが専門的でも衒学的でもなく、平易な表現のため翻訳を進めることができました。ただし表現はわかりやすいのですが、意味は豊かで、深く考えさせられます。テンジンはチベットの内情に鋭く迫っており、彼の作品からチベット人の内心から発する生の声を聞くことができます。彼の並々ならぬ才能をうかがわせます。

台湾チベット友の会（図博之友会）会長、周里美女史は、日本語版出版のために迅速にテンジン氏と連絡をとり、版権などの手続きをすませてくださいました。国立台湾大学国家発展研究所兼任準教授で台湾チベット友の会監事の曽建元氏、ジャーナリストの黄美珍氏は研究資料を提供してくださいました。天安門民主運動により弾圧されスウェーデンに亡命した傅正明・茉莉夫妻からアドバイスや励ましをくださいました。

下山明子氏、沼野治郎氏には英語から日本語への翻訳において、いずれも母語でない私を助けてくださいました。

カナダ在住のアーティストで、抗議焼身を絵画で表現する井早智代氏は前々からテンジンの詩の翻訳出版を願っていました。本書はそれを分かち合うものです。

佛教大学研究員でチベット専門家の手塚利彰氏から人名、地名などでアドバイスをいただきました。

ダラムサラを拠点に長年チベット支援を続けてこられた中原一博氏はオートバイに同乗させてくださり、現地をいろいろと案内してくださいました。

倉橋健一先生、今野和代氏はいつも励ましてくださいます。

出版難がささやかれて久しいですが、劉暁波・劉霞の詩集を共訳・出版した書肆侃侃房の田島安江さんは採算を度外視して温かく応援してくれました。言葉に生きる詩人の田島さんと詩句を紡ぐために語感、微妙なニュアンスやディテールを突き詰めるときはまさに真剣勝負の気迫で対峙しました。それは凄まじくも楽しい作業でした。

ほんとうにほんとうにありがとうございます！

最後に、ダライ・ラマ一四世が『西蔵流亡詩選』に寄せた「人を奮い立たせる源泉」を紹介させていただきます。


チベットの悠久たる詩的伝統のルーツは、サンスクリット語（梵語）から派生した古形態の韻律にあります。かつて僧院では、師匠たちはしばしば弟子に修行の成果や訓戒を詩歌で説いたものでした。

最近では読み書きの基礎教育の普及に伴い、宗教から離れた詩歌でも伝統が形成され、詩人の切望や志操が表現されています。

チベットが歴史において最も困難な時期を通っているため、詩には身を切られるような苦悩が込められています。それはチベット人が脅威にさらされていることを痛切に感じているからです。特に感動したのは、私たちと同じ亡命生活を送る中国の兄弟姉妹が詩集の翻訳出版に尽力してくださったことです。

このような亡命チベット詩人の「オデュッセイア」[*10]を読むとき、私はまさに共感共苦するとともに、それが人を奮い立たせる源泉となっていることに感嘆し、敬意を表します。

読者のお一人お一人も、この「源泉」から力を得ていただければ幸いです。

ヨーロッパ史で初めて亡命生活を強いられた作曲家ショパンを聴きつつ
二〇一八年大晦日、大阪

＊1　劉燕子編著訳『チベットの秘密』（集広舎、二〇一二年）の「日中の狭間でマージナルな私にとって―結びに代えて―」参照。
＊2　甘味、酸味、塩味、苦味、辛味。
＊3　魯迅「摩羅詩力説―悪魔派詩人論―」（一九〇七年）。日本語訳は丸尾常喜『魯迅「野草」の研究』汲古書院、一九九七年、一一二頁。
＊4　前掲『詩従雪国来―西蔵流亡詩人的詩情―』二五九頁。
＊5　編著訳『チベットの秘密』集広舎、二〇一二年、五〇～五一頁。
＊6　山際素雄訳『ダライ・ラマ自伝』文藝春秋、一九九二年、三一九～三二〇頁。
＊7　曹長青編著、ペマ・ギャルボ監訳『中国民主活動家チベットを語る』日中出版、一九九九年、一一八～一二〇頁。
＊8　同前『中国民主活動家チベットを語る』五五～五六頁。
＊9　前掲『チベットの秘密』二三一～二三四頁、及び筆者へのメール等。
＊10　古代ギリシャの英雄オデュッセウスの長年の漂泊を詠ずるホメロスの長編叙事詩。

■著者

## テンジン・ツゥンドゥ（Tenzin Tsundue）

亡命チベット人2世として、1974年にインド・マナリの道路脇のテントで生まれる。ダライ・ラマ14世とともに亡命した両親は道路建設の重労働で疲れ果て誕生日が不詳（役所により三つの異なる記録）。ダラムサラのチベット人学校で学び、1997年に大学を卒業すると独りでインド西北部からチベットに潜り込むが拘束され「外国人」として強制送還。ムンバイ大学大学院英文学修士、詩人、作家、フリー・チベット（チベットに自由を）のアクティビスト。2001年に第一回全インド・アウトルック・ピカドール・エッセイ・コンテストで大賞を受賞。著書に Crossing the Border（1997）、My Kinds of Exile（2001）、Kora : Stories and Poem（2002）、Semshook : Essays on the Tibetan Freedom Struggle（2007）、Tsen-Gol: Stories and Poems of Resistance（2012）があり、フランス語、中国語などに訳されている。チベット作家協会会員、チベット友好協会（インド）事務局長。

■訳・編者

## 劉燕子（リュウ・イェンズ／ Liu YanZi）

作家、現代中国文学者。北京に生まれる。大学で教鞭を執りつつ日中バイリンガルで著述・翻訳。日本語の編著訳書に『黄翔の詩と詩想』（思潮社）、『中国低層訪談録―インタビューどん底の世界―』（集広舎）、『殺劫―チベットの文化大革命―』(共訳、集広舎)、『天安門事件から「〇八憲章」へ』（共著、藤原書店）、『「私には敵はいない」の思想』（共著、藤原書店）、『チベットの秘密』（編著訳、集広舎）、『人間の条件 1942』（集広舎）、『劉暁波伝』（集広舎）。劉暁波詩集『独り大海原に向かって』（共訳、書肆侃侃房）、劉霞詩集『毒薬』（共訳、書肆侃侃房）、『現代中国を知るための 52 章』（共著、明石書店）、『中国が世界を動かした「1968」』（共著、藤原書店）、『〇八憲章で学ぶ教養中国語』（共著、集広舎）、中国語の著訳書に『這条河、流過誰的前生与后生？』、『没有墓碑的草原』など多数。

## 田島安江（たじま・やすえ）

1945年大分県生まれ。福岡市在住。株式会社書肆侃侃房代表取締役。

既刊詩集『金ピカの鍋で雲を煮る』（1985）<br>
『水の家』（1992）<br>
『博多湾に霧の出る日は、』（2002）<br>
『トカゲの人』（2006）<br>
『遠いサバンナ』（2013）

共編訳　劉暁波詩集『牢屋の鼠』（2014）<br>
都鍾煥詩集『満ち潮の時間』（2017）<br>
劉暁波第二詩集『独り大海原に向かって』（2018）ほか

詩文集　**独りの偵察隊**　―亡命チベット人二世は詠う―

2019年6月4日　第1刷発行

著　　者　テンジン・ツゥンドゥ
訳・編者　劉燕子・田島安江
発 行 者　田島安江
発 行 所　株式会社 書肆侃侃房（しょしかんかんぼう）
〒810-0041
福岡市中央区大名2-8-18-501
TEL 092-735-2802　FAX 092-735-2792
http://www.kankanbou.com
info@kankanbou.com

表紙装画　劉毅
装幀・ＤＴＰ　成原亜美（書肆侃侃房）
印刷・製本　株式会社西日本新聞印刷


ISBN978-4-86385-364-5　C0098